날씬하다 나무 맛 라디오 못생기다
가르치다 가끔 다이어트 막히다 배낭
여행받다 맛있다 문장 설
악산 남동생 받다 남 앞
야구 위치
여행사
잠 장학 종업원
종이 집안일
찜질방 절하다
친하다 이 탤

런트 토끼 토요일 팀 특별하다 팔다 팔 파출소 편지
팬 편하다 피곤하다 표 하늘 하얀색 한 한자 한식집
한국어 해 할머니 할아버지 한테 해외여행 헤어지다
형호 해외여행 행복 홍콩 화요일 화내다 화 회사
화장품 화장실 회의 흐리다 휴지통 휴대전화 후 날씬
하다나무 맛 라디오 못생기다 달력 가지다 가르치다
가끔다이어트 막히다 쉼 마다 사귀다 배낭여행 받다
맛있다 문장 바꾸다 박물관 문장 버리다 설악산 남동
생 받다 남대문시장 볼펜 방송국 다른 취다 셋 서비
스 심심하다 아니요 아르바이트 안 안녕히 앞 야구
어떻게 어리다 어울리다 어서 에 엘리베이터 여행사
역 여보세요 연예인 오래간만 오토바이 위치 잠 장학
금 잘생기다 저희 저녁 적다 조용하다 종업원 종이
주무시다 주차장 중 중학생 지난달 집 집안일 찜질방
창문 처음 책 축하하다 출장 지약 친절하다 친하다
칫솔 컵 칼 컴퓨터 크리스마스 타이베이 탤런트 토
끼 토요일 팀 특별하 金玟志 著 파출소 편지 팬 편
하다피곤하다 표 하늘 賴玉春 譯 한자 한식집 한국어
해할머니 할아버지 한테 해외여행 헤어지다 형 호
해외여행 행복 홍콩 화요일 화내다 화 회사 화장품

## 作者的話

「Sorry～Sorry～Sorry～Sorry～」

「Nobody～Nobody～but you～」

不久前我的韓國朋友來台旅遊，搭乘捷運時聽到蠻多乘客的手機鈴聲是這些韓文歌，她用不敢相信的眼神看著我說：「我是在台灣沒錯吧？」

這幾年在台灣，韓劇與韓國流行音樂很盛行，因此學韓語的人也與日俱增。身為韓語老師的我，每個學期都會認識一批新的哈韓族。對韓語充滿好奇的他們，上課總是非常認真，陪他們邊學韓語邊聊韓國，一堂三小時的課總是嫌不夠。當他們把韓語四十音學好，要進階到基本韓語會話時，總會有共同的疑問，那就是：「請問哪裡可以買到韓語字典？」

目前大部分的韓語學習者使用的字典是，一、搜尋網站所提供的網路字典，二、大陸發行的字典，三、去韓國玩時順便買的當地電子字典。然而，當學習者真的需要查單字時，身邊不見得都有電腦可以使用，大陸字典的簡體字總覺得用不慣。儘管韓國那邊賣的電子字典容易攜帶、功能又強，不過一台要價相當於台幣一萬元，對很多學生來說是一筆不小的負擔，加上對初學者而言，裡面提供的例子都比較艱深，並不好用。

本書《韓中小辭典：初級韓語，背這些單字就搞定！》是專為韓語初學者設計的一本迷你字典。方便攜帶的小開本，可以隨時隨地陪您進入韓語的世界。

裡面出現的1350個單字，除了包含過去幾年在「韓語檢定考試－初級」裡曾經出現過的之外，我還特別挑選了韓語初學者必會的單字。每個單字都標示了詞性、例句，並依需要加註漢字、外來語、類義語、反義語、關聯語等。另外，還加上初學者總是感到困難的動詞和形容詞的變化，完全符合韓語初學者的需求。尤其是本書所有的例子，都採用本書裡的單字與「韓語檢定考試－初級」裡出現過的文法、句型，讓讀者清楚瞭解每個單字如何在句子裡使用，進而增強造句和會話能力。搭配附錄學習，基本上「韓語檢定考試－初級」，背本書裡的這些單字就一定能搞定！

　　這次的寫書，因為和老朋友玉春合作所以更感特別。以前她也是跟我從韓語四十音開始學韓文，現在變成韓國達人為大家服務，相信她也非常開心。而現在讀這本書的您，相信將來有一天也可以像她一樣韓文講得非常流利，金玟志老師會一路陪伴您！

김민지

## 如何使用本書

**單字中文解釋**

精準掌握單字意義，理解用法。

**相關用語**

補充類義語、反義語、關聯語，舉一反三，充實韓語字彙能力。

**漢字、外來語表記**

漢語發音標注漢字、外來語標注語源，幫助記憶與學習。

---

ㄱ

### 과자

名餅乾
漢菓子

편의점에서 과자 한 봉지를 샀어요.
在超商買了一包餅乾。

### 관광(하다)

名動觀光 漢觀光～
關관광객 觀光客、遊客
變관광합니다-관광해요-관광했어요
－관광할 거예요

이번에 부모님과 중국 관광을 다녀왔어요.
這次和父母親去中國觀光。

몇 년 전에 일본 도쿄를 관광한 적이 있습니다.
幾年前我去過日本東京觀光。

### 관광버스

名觀光巴士、遊覽車
漢＋外觀光bus

관광버스를 타고 설악산에 단풍 구경을 갔어요.
搭遊覽車去雪嶽山賞楓。

### 관광지

名觀光地、觀光景點
漢觀光地

제주도는 한국의 유명한 관광지입니다.
濟州島是韓國有名的觀光地。

038

### 詞性說明

辨別詞性,加強
文法學習。

### 標籤索引

依14個子音排序,
檢索最方便。

## 관심
**名** 興趣、關心
**漢** 關心

요즘 요리에 관심이 많아요.
最近對料理很有興趣。
요즘 요리에 관심을 가지기 시작했어요.
最近開始對料理產生關心。

## 광고
**名** 廣告 **漢** 廣告
**關** 광고모델 廣告模特兒、廣告代言人

저는 광고 회사에 다닙니다.
我在廣告公司上班。

## 괜찮다
**形** ①沒關係 ②不用 ③方便
　　④還可以、不錯 ⑤ (身體) 還好
**變** 괜찮습니다 - 괜찮아요 - 괜찮았어요
　　- 괜찮은

### 不規則詞形變化

詳列動詞、形容
詞基本變化,熟
悉規則,韓語自
然上手。

A)미안해요. B)괜찮아요.
A)對不起。B)沒關係。
A)커피 드실래요? B)아니요,괜찮습니다.
A)要喝咖啡嗎? B)不用。
내일 언제가 괜찮아요?
明天什麼時候方便?
이 집 음식은 맛도 괜찮고 값도 싸요.
這家店的東西味道還不錯價錢也便宜。
괜찮아요? 다치지 않았어요?
你還好嗎? 沒有受傷嗎?

### 例句與中譯

生活化的例句,
迅速熟悉字彙運
用,同時學習基
礎文法,學習事
半功倍最有效
率。

039

**比照韓語字典編排**

比照字典編排，依14個子音排序，最適合學習。

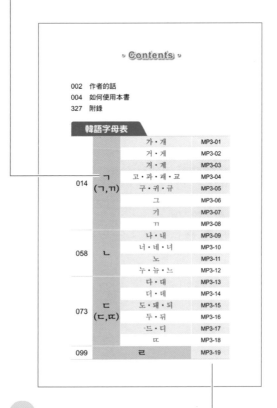

## · Contents ·

**MP3序號**

收錄全書所有例句，特聘韓籍老師錄製，跟著朗讀光
碟學習，您也可說出一口漂亮的首爾腔。

系統整理漢字音數字、公制、純韓文數字、量詞、時間、位置、疑問詞、簡稱、口語說法等，鞏固韓語基本實力。

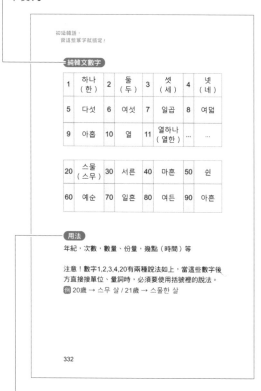

初級韓語，
背這些單字就搞定！

**純韓文數字**

| | | | | | | | |
|---|---|---|---|---|---|---|---|
| 1 | 하나<br>（한） | 2 | 둘<br>（두） | 3 | 셋<br>（세） | 4 | 넷<br>（네） |
| 5 | 다섯 | 6 | 여섯 | 7 | 일곱 | 8 | 여덟 |
| 9 | 아홉 | 10 | 열 | 11 | 열하나<br>（열한） | … | … |

| | | | | | | | |
|---|---|---|---|---|---|---|---|
| 20 | 스물<br>（스무） | 30 | 서른 | 40 | 마흔 | 50 | 쉰 |
| 60 | 예순 | 70 | 일흔 | 80 | 여든 | 90 | 아흔 |

**用法**

年紀，次數，數量、份量，幾點（時間）等

注意！數字1,2,3,4,20有兩種說法如上，當這些數字後方直接接單位、量詞時，必須要使用括號裡的說法。
例 20歲 → 스무 살 / 21歲 → 스물한 살

332

**用法、讀音說明**

不只表列單字，更詳細說明易混淆的用法與讀音，學習最精準。

## 本書採用略語

**名** 名詞

**代** 代名詞

**助** 助詞

**數** 數字

**形** 形容詞

**副** 副詞

**動** 動詞

**感** 感歎詞

**冠** 冠形詞：專門形容後面名詞的單字

**同** 同義語：用法、意思上相同的單字

**類** 類義語：意思相似，但有時用法不同

**反** 反義語：意思上相反的單字

**漢** 漢字語：來自漢字的單字

**外** 外來語：來自外國語的單字

**漢＋外** 漢字語和外來語的組合

**簡** 原本單字的簡稱

**關** 關聯語：關係詞

**接尾** 接尾辭：韓語的「接尾辭」，是指無法單獨成立，只能接在名詞的後方表示它意思的語彙

**動詞、形容詞變化**

本書裡表示的動詞、形容詞的基本變化規則及略語如下。

**動詞**

> 例 去：가다
>
> 現在式 －現在式 －過去式 －未來式
> 正式　　口語　　口語　　口語
> 갑니다 － 가요 　－ 갔어요 － 갈 거예요

**形容詞**

> 例 小：작다
>
> 現在式－現在式－過去式－後面接名詞時變化
> 正式　　口語　　口語
> 작습니다－작아요－작았어요－작은

變 正常變化同上

으變 痛：아프다 아픕니다－아파요－아팠어요－아픈

ㅂ變 冷：춥다　춥습니다－추워요－추웠어요－추운

ㄷ變 問：묻다
　　　묻습니다－물어요－물었어요－물을 거예요

ㄹ變 作：만들다
　　　만듭니다－만들어요－만들었어요－만들 거예요

르變 唱：부르다
　　　부릅니다－불러요－불렀어요－부를 거예요

ㅎ變 那樣：그렇다
　　　그렇습니다－그래요－그랬어요－그런

# • Contents •

## 韓語字母表

| | | | |
|---|---|---|---|
| | | 마 · 매 | MP3-20 |
| | | 머 · 메 · 며 | MP3-21 |
| 102 | ㅁ | 모 | MP3-22 |
| | | 무 · 뭐 | MP3-23 |
| | | 미 | MP3-24 |
| | | 바 · 배 | MP3-25 |
| | | 버 · 벼 | MP3-26 |
| 123 | ㅂ (ㅂ,ㅃ) | 보 | MP3-27 |
| | | 부 | MP3-28 |
| | | 비 | MP3-29 |
| | | 쁘 | MP3-30 |
| | | 사 · 새 · 샤 | MP3-31 |
| | | 서 · 세 | MP3-32 |
| | | 소 · 쇠 · 쇼 | MP3-33 |
| 149 | ㅅ (ㅅ,ㅆ) | 수 · 쉬 · 슈 | MP3-34 |
| | | 스 | MP3-35 |
| | | 시 | MP3-36 |
| | | 쓰 | MP3-37 |

| | | | |
|---|---|---|---|
| 187 | ㅇ | 아・애 | MP3-38 |
| | | 야・얘 | MP3-39 |
| | | 어・에 | MP3-40 |
| | | 여・예 | MP3-41 |
| | | 오・와・왜・외・요 | MP3-42 |
| | | 우・워・위・유 | MP3-43 |
| | | 으・의 | MP3-44 |
| | | 이 | MP3-45 |
| 248 | ㅈ<br>(ㅈ,ㅉ) | 자・재 | MP3-46 |
| | | 저・제 | MP3-47 |
| | | 조・죄 | MP3-48 |
| | | 주 | MP3-49 |
| | | 즈・지 | MP3-50 |
| | | ㅉ | MP3-51 |
| 281 | ㅊ | 차・채 | MP3-52 |
| | | 처 | MP3-53 |
| | | 초 | MP3-54 |
| | | 추・취 | MP3-55 |
| | | 츠・치 | MP3-56 |

| **가** | 助 主詞助詞（前面名詞最後一個字沒收尾音時）類 이,께서 |
|---|---|

오빠가 학교에 갑니다.
哥哥去學校。

（저＋가→제가）：제가 학교에 갑니다.
我去學校。

（누구＋가→누가）：누가 학교에 갑니까?
誰去學校？

| **가게** | 名 店鋪、小規模商店 |
|---|---|

우리 집 맞은편에는 꽃가게가 있어요.
我家對面有花店。

| **가격** | 名 價格、價錢<br>漢 價格 類 값 |
|---|---|

이 집은 가격도 싸고 음식도 맛있어요.
這家店（的東西）便宜又好吃。

| **가구** | 名 傢俱<br>漢 家具 |
|---|---|

이 가구 디자인이 마음에 들어요.
我喜歡這個傢俱的設計。

## 가깝다

形近 反멀다
ㅂ變가깝습니다-가까워요-
가까웠어요-가까운

우리 집은 회사에서 가까워요.
我家離公司很近。

여기에서 제일 가까운 슈퍼가 어디에 있어요?
離這裡最近的超市在哪裡？

## 가끔

副偶爾、有時
反자주

저는 가끔 혼자 영화를 봐요.
我有時會自己看電影。

## 가다

動去 反오다
變갑니다-가요-갔어요-갈 거예요

보통 아침 아홉 시에 학교에 가요.
平常早上九點去學校。

다음 달에 한국에 갈 거예요.
下個月要去韓國。

## 가르치다

動教、指導 反배우다
變가르칩니다-가르쳐요-
가르쳤어요-가르칠 거예요

저는 학교에서 영어를 가르칩니다.
我在學校教英文。

내일부터 아들에게 태권도를 가르칠 거예요.
明天開始要教兒子跆拳道。

ㄱ

| 가방 | 名包 類배낭, 핸드백<br>關큰 가방, 작은 가방, 책가방<br>大包 / 小包 / 書包 |

비행기표 가방에 넣었어요?

機票放進包包裡了沒？

| 가볍다 | 形輕 反무겁다<br>ㅂ變가볍습니다 – 가벼워요 –<br>가벼웠어요 – 가벼운 |

이 가방은 아주 가벼워요.

這包包很輕。

이 노트북은 가벼워서 인기가 많아요.

這筆電因為很輕很受歡迎。

| 가수 | 名歌手<br>漢歌手 關연예인 藝人 |

그 가수는 노래도 잘 부르고 춤도 잘 춰요.

那歌手很會唱歌也很會跳舞。

| 가슴 | 名①胸、懷 ②心<br>類마음 |

어머니가 아이를 가슴에 안았습니다.

媽媽把小孩抱在懷裡。

가슴이 아파요.

心痛。

| 가요 | **名**歌、流行歌曲 **漢**歌謠 **關**노래 歌曲<br>**關**댄스가요,발라드,트로트<br>快歌 / 抒情歌 / 老歌 |

요즘 한국에서 유행하는 <u>가요</u>는 뭐예요?
最近韓國流行什麼歌曲？

| 가운데 | **名**中間<br>**類**사이 |

저기 가운데 자리에 앉고 싶어요.
我想坐在那邊中間的位子。

| 가을 | **名**秋天 |

가을 날씨는 시원해요.
秋天天氣很涼爽。

| 가장 | **副**最<br>**類**제일 |

누가 우리 반에서 <u>가장</u> 키가 커요?
在我們班誰身高最高？

| 가정주부 | **名**家庭主婦<br>**漢**家庭主婦 **簡**주부 |

제 아내는 <u>가정주부</u>예요.
我太太是家庭主婦。

ㄱ

## 가져가다

動 帶去、拿去
同 가지고 가다 反 가져오다
變 가져갑니다－가져가요－가져갔어요
　 －가져갈 거예요

밖에 비가 오니까 우산을 가져가세요.
= 밖에 비가 오니까 우산을 가지고 가세요.
因為外面在下雨請帶雨傘出去。

## 가져오다

動 帶來、拿來
同 가지고 오다 反 가져가다
變 가져옵니다－가져와요－가져왔어요
　 －가져올 거예요

도시락을 안 가져왔어요.
= 도시락을 안 가지고 왔어요.
沒帶便當來。

## 가족

名 家族、家人
漢 家族

가족이 몇 명이에요?
你家人有幾個？

우리 가족은 모두 다섯 명이에요.
我們家總共有五個人。

## 가지

名 種、類 類 종류
關 한 가지,두 가지,세 가지,여러 가지
　 一種 / 兩種 / 三種 / 好幾種

여러 가지 방법이 있어요.
有好幾種方法。

## 가지다

動①拿、帶 ②具有、擁有
變가집니다-가져요-가졌어요
　-가질 거예요

이거 가지고 가세요.
這個請帶走。

저 핸드폰을 가지고 싶어요.
想擁有那支手機。

## 가짜

名假的、冒牌
反진짜

이거 가짜 아니에요. 진짜예요.
這不是假的。是真的。

## 간단하다

形簡單 漢簡單~ 反복잡하다
變간단합니다-간단해요-간단했어요
　-간단한

이 세탁기 사용 방법은 아주 간단해요.
這洗衣機的使用方法非常簡單。

이건 아주 간단한 문제예요.
這是非常簡單的問題。

## 간식

名零食、點心
漢間食

오후에 간식으로 우유하고 빵을 먹었어요.
下午吃了牛奶和麵包當點心。

ㄱ

## 간장
**名** 醬油
**漢** ~醬

슈퍼마켓에 간장을 사러 가요.
去超市買醬油。

## 갈비
**名** 韓式碳烤烤肉、排骨

저녁에 갈비 먹으러 갈래요?
晚餐要不要去吃烤肉？

## 갈아입다
**動** 換（衣服）
**變** 갈아입습니다－갈아입어요
－갈아입었어요－갈아입을 거예요

옷은 어디에서 갈아입어요?
（在服飾店試穿衣服時）要在哪裡換衣服？

## 갈아타다
**動** 換乘、轉乘
**變** 갈아탑니다－갈아타요－갈아탔어요
－갈아탈 거예요

시청역에서 1호선으로 갈아타세요.
請在市政府站轉乘一號線。

## 감기
**名** 感冒　**漢** 感氣
※감기에 걸리다 : 得感冒

감기 조심하세요.
請小心感冒。

요즘 날씨가 추워서 감기에 걸린 사람들이 많아요.
最近天氣冷所以得感冒的人很多。

## 감사(하다)

名形 感謝、謝謝 漢 感謝~ 類 고맙다
變 감사합니다-감사해요-감사했어요
-감사한

도와주셔서 감사합니다.
謝謝你幫助我。

어제 선생님께 감사 편지를 썼습니다.
昨天寫了感謝信給老師。

## 감상(하다)

名動 鑒賞、欣賞 漢 鑑賞~
變 감상합니다-감상해요-감상했어요
-감상할 거예요

제 취미는 영화 감상이에요.
我的興趣是欣賞電影。

저는 미술관에 가서 그림 감상하는 것을 좋아해요.
我喜歡去美術館欣賞圖畫。

## 갑자기

副 突然、忽然

날씨가 갑자기 추워졌어요.
天氣突然變冷了。

## 값

名 價錢
類 가격

값이 너무 비싸서 못 샀어요.
價錢太貴所以沒辦法買。

ㄱ

## 강

名江、河
漢江

내 방 창문에서는 한강이 보여요.
從我房間的窗戶可以看到漢江。

## 강아지

名小狗

강아지가 참 귀엽네요.
小狗好可愛喔。

## 같다

形一樣、相同 類똑같다 反다르다
變같습니다－같아요－같았어요－같은

우리 둘은 키가 같아요.
我們兩個身高一樣高。

저와 여동생은 같은 학교에 다닙니다.
我和妹妹讀同一所學校。

## 같이

副一起
類함께 反따로

우리 이번 주말에 같이 영화 보러 가요.
這個週末我們一起去看電影吧。

## 개₁

名狗

작년부터 개 한 마리를 키우고 있어요.
我從去年開始養一隻狗。

## 개₂

名【量詞】個、顆
漢個

사탕 한 개 주세요.
請給我一個糖果。

## 개월

名【量詞】個月
漢個月 類달

한국어를 배운 지 육 개월 정도 됐어요.
學了六個月左右的韓文。

## 거

名～東西、表示事物;「것」的口語
說法 類것

이 책은 제 것이에요.
= 이 책은 제 거예요.
這是我的書。

## 거기

代那裡
類저기

거기 한국 여행사지요?
（電話上）那裡是韓國旅行社,沒錯吧？

## 거나

助或是（動詞或形容詞後方接上去）
類나,이나

보통 주말에는 친구를 만나거나 쇼핑을 합니다.
通常週末和朋友見面或逛街。

ㄱ

## 거리 　名街、街道

명동 거리에는 항상 사람이 많습니다.
明洞街道總是人很多。

## 거실 　名客廳
　　　　漢居室

아버지께서는 거실에서 신문을 읽고 계세요.
父親在客廳看報紙。

## 거울 　名鏡子
　　　　※거울을 보다：照鏡子

아침마다 거울을 보면서 머리를 빗어요.
每天早上邊照鏡子邊梳頭髮。

## 거의 　副①幾乎 ②差不多

토요일에는 거의 집에 없습니다.
星期六幾乎都不在家。

숙제 거의 다 했어요.
功課差不多做好了。

## 거짓말
## (하다)
名謊話、謊言 動說謊
變거짓말합니다－거짓말해요
　－거짓말했어요－거짓말할 거예요

거짓말하지 마세요.
請不要說謊。

그 사람은 거짓말을 자주 해서 믿을 수가 없어요.
那個人常常說謊話所以無法相信。

## 걱정(하다)

名動擔心、操心
變걱정합니다-걱정해요-걱정했어요
-걱정할 거예요

엄마, 걱정하지 마세요.
媽媽，請不要擔心。

다음 주에 보는 시험 때문에 걱정이에요.
因為下星期要考試所以很擔心。

## 걱정되다

動擔心
變걱정됩니다-걱정돼요
-걱정됐어요-걱정될 거예요

외국에서 혼자 유학하고 있는 여동생이 많이
걱정돼요.
我很擔心獨自在國外留學的妹妹。

## 건강(하다)

名形健康 漢健康~
變건강합니다-건강해요-건강했어요
-건강한

건강하세요.
祝您健康。

술과 담배는 건강에 안 좋아요.
酒和香菸對健康不好。

## 건너다

動越過、渡過
變건넙니다-건너요-건넜어요
-건널 거예요

여기에서 길을 건너면 안 돼요.
從這裡過馬路是不可以的。

## 건물

名建築物、大樓
漢建物 類빌딩

제 사무실은 맞은편 건물 2층에 있어요.
我辦公室在對面大樓的二樓。

## 걷다

動走（路）反달리다,뛰다
ㄷ變걷습니다－걸어요－걸었어요
－걸을 거예요

너무 오래 걸어서 발이 아파요.
走路走得太久所以腳好痛。

## 걸다

動打（電話）
※전화하다＝전화를 걸다 打電話
ㄹ變겁니다－걸어요－걸었어요
－걸 거예요

요즘에는 인터넷으로도 전화를 걸 수 있습니다.
最近可以用網路打電話。

전화 잘못 거셨습니다.
你打錯電話了。

## 걸리다

動①需要（時間）②得（病）
變걸립니다－걸려요－걸렸어요
－걸릴 거예요

대만에서 한국까지 비행기로 2시간 정도 걸려요.
從台灣到韓國搭飛機大約需要兩個小時。

언니가 감기에 걸렸어요.
姐姐得了感冒。

## 걸어가다

動走過去 反걸어오다
變걸어갑니다－걸어가요－걸어갔어요
－걸어갈 거예요

저는 매일 회사까지 걸어가요.
我每天走路去公司。

## 걸어오다

動走過來 反걸어가다
變걸어옵니다－걸어와요－걸어왔어요
－걸어올 거예요

버스 탈 돈이 없어서 집까지 걸어왔어요.
沒有搭公車的錢所以走路回家。

## 검은색

名黑色
漢～色 類검정색,까만색

올해는 검은색이 유행이에요.
今年流行黑色。

## 검정색

名黑色
漢～色 類검은색,까만색

검정색 운동화를 사고 싶어요.
想買黑色運動鞋。

## 것

名～東西、表示事物
類거

이것은 무엇입니까?
這是什麼?

ㄱ

## 게임

**名** 遊戲、競賽 **外** game **類** 경기
**關** 인터넷 게임 網路遊戲

어제 친구들하고 카드 게임을 했어요.
昨天和朋友們玩了紙牌遊戲。

## 겨울

**名** 冬天

겨울은 춥고 눈이 와요.
冬天冷也下雪。

## 결혼(하다)

**名動** 結婚 **漢** 結婚~ **反** 이혼(하다)
**變** 결혼합니다-결혼해요-결혼했어요
　　-결혼할 거예요

결혼 축하해요.
恭喜結婚。

여동생이 저보다 먼저 결혼했어요.
妹妹比我早結婚。

## 결혼식

**名** 婚禮、結婚典禮 **漢** 結婚式
**關** 결혼 반지, 신랑, 신부, 약혼
　　婚戒 / 新郎 / 新娘 / 訂婚

내일 오후 두 시에 친구 결혼식이 있어요.
明天下午二點有朋友的結婚典禮。

## 경기

**名**（運動）比賽、競賽
**漢** 競技 **類** 게임

어제 텔레비전에서 야구 경기를 봤어요.
昨天在電視上看了棒球比賽。

## 경복궁

名景福宮
漢景福宮

저는 어렸을 때 경복궁 근처에서 살았어요.
我小時候住在景福宮附近。

## 경주

名【地名】慶州
漢慶州

경주는 드라마 '선덕여왕'을 찍은 곳이에요.
慶州是電視劇善德女王拍攝的地方。

## 경찰

名警察 漢警察
關경찰관,경찰 아저씨
　　警官 / 警察叔叔

경찰이 도둑을 잡았어요.
警察抓到小偷了。

## 경찰서

名警察局
漢警察署 類파출소

아버지께서는 경찰서에서 일하십니다.
父親在警察局工作。

## 경치

名風景、景致
漢景致 關풍경,야경 風景 / 夜景

창 밖의 경치가 참 아름답네요.
窗外的風景真美麗。

ㄱ

## 경험(하다)

**名 動** 經驗 **漢** 經驗～
**變** 경험합니다 - 경험해요 - 경험했어요
　　- 경험할 거예요

이번에 여행 가서 좋은 경험을 많이 했어요.
這次去旅行體會很多美好的經驗。

## 계단

**名** 樓梯
**漢** 階段 **反** 엘리베이터

계단이 높으니까 조심히 올라가세요.
樓梯很高請小心往上走。

## 계란

**名** 雞蛋
**漢** 鷄卵 **同** 달걀

아줌마, 여기 계란 어떻게 해요?
大嬸，這雞蛋怎麼賣？

## 계산(하다)

**名 動** 計算、付、結帳
**漢** 計算～ **關** 계산서 帳單
**變** 계산합니다 - 계산해요 - 계산했어요
　　- 계산할 거예요

여기요, 계산할게요.
這裡……我要結帳。

여기 계산서 좀 주세요.
請給我帳單。

## 계속

**副** 繼續、一直
**漢** 繼續

어젯밤부터 계속 기침을 해요.
昨天晚上開始一直咳嗽。

## 계시다

動在;「있다」的敬語 類 있다
變 계십니다-계세요-계셨어요
　-계실 거예요

사장님께서는 지금 사무실에 안 계십니다.
社長現在不在辦公室裡。

할아버지께서는 지금 주무시고 계세요.
爺爺現在正在睡覺。

## 계절

名季節 漢季節
關 봄,여름,가을,겨울　春 / 夏 / 秋 / 冬

저는 사계절 중에서 가을이 제일 좋습니다.
四季當中我最喜歡秋天。

## 계획(하다)

名動計劃 漢計劃~
變 계획합니다-계획해요-계획했어요
　-계획할 거예요

이번 주말에 무슨 특별한 계획 있어요?
這週末有什麼特別的計畫嗎？

계획한 일이 잘 되기를 바랍니다.
希望你的計畫都可以達成。

## 고기

名肉 反 야채,채소
關 소고기,돼지고기,닭고기,
　불고기,물고기
　牛肉 / 豬肉 / 雞肉 / 銅盤烤肉 / 魚

고기는 별로 안 좋아해요.
我不太喜歡（吃）肉。

ㄱ

## 고등학교

名 高中
漢 高等學校

오빠는 고등학교에서 영어를 가르칩니다.
哥哥在高中教英文。

## 고등학생

名 高中生
漢 高等學生

남동생이 고등학생이에요?
你弟弟是高中生嗎？

## 고르다

動 挑選、選擇 類 선택(하다)
르變 고릅니다-골라요-골랐어요
     -고를 거예요

여기에서 마음에 드는 것 하나 골라 보세요.
請從這當中選一個喜歡的。

## 고맙다

形 謝謝 類 감사(하다)
ㅂ變 고맙습니다-고마워요
     -고마웠어요-고마운

그동안 정말 고마웠어요.
這陣子真的謝謝你。

## 고모

名 姑姑
漢 姑母 反 이모

고모는 아직 결혼을 안 했어요.
姑姑還沒結婚。

## 고속버스

名高速巴士、客運
漢+外高速bus

지난 주말에 고속버스를 타고 대구에 다녀왔어요.
上週末我搭客運去了大邱。

## 고속철도

名高鐵 漢高速鐵路
圓KTX（有時直接使用英文字母表示）

기차보다 고속철도가 더 빨라요.
= 기차보다 **KTX**가 더 빨라요.
高鐵比火車更快。

## 고양이

名貓

저는 고양이 두 마리를 키웁니다.
我養二隻貓。

## 고장

名故障 漢故障
※고장 나다：動故障

새로 산 오토바이가 고장 났어요.
新買的摩托車故障了。

## 고추장

名辣椒醬
漢～醬

비빔밥을 만들려고 고추장을 샀어요.
為了要做拌飯買了辣椒醬。

ㄱ

| 고프다 | 形 飢餓、餓 反 부르다<br>ㅡ變 고픕니다-고파요-고팠어요<br>-고픈 |

배가 고파요. = 배고파요.
肚子餓。

| 고향 | 名 故鄉<br>漢 故鄉 |

제 고향은 부산이에요.
我的故鄉是釜山。

| 곧 | 副 馬上、快要<br>類 금방 |

곧 끝날 거예요.
馬上要結束了。

이제 곧 겨울이에요.
現在快要冬天了。

| 골프 | 名 高爾夫球<br>外 golf |

저는 나중에 유명한 골프 선수가 되고 싶어요.
我以後想成為有名的高爾夫球選手。

| 곳 | 名 地方、地點 |

우리 조용한 곳에 가서 얘기 좀 할까요?
我們去安靜的地方聊聊好嗎？

| 공 | 名球<br>關축구공,야구공,농구공,골프공<br>足球 / 棒球 / 籃球 / 高爾夫球 |
|---|---|

아이들이 운동장에서 공을 가지고 놉니다.
孩子們在運動場玩球。

| 공기 | 名空氣<br>漢空氣 |
|---|---|

공기가 좋아요. = 공기가 맑아요.
空氣很好。

| 공무원 | 名公務員<br>漢公務員 |
|---|---|

요즘 공무원 시험을 준비하고 있습니다.
最近在準備公務員考試。

| 공부(하다) | 名動學習、讀書 漢工夫~<br>變공부합니다-공부해요-공부했어요<br>-공부할 거예요 |
|---|---|

형은 공부를 아주 잘합니다.
哥哥很會讀書。

앞으로도 한국어를 열심히 공부할 거예요.
我以後也會努力地學習韓文。

| 공사 | 名工程、施工<br>漢工事 |
|---|---|

지하철 공사 때문에 밖이 너무 시끄러워요.
因為地鐵施工所以外面很吵。

ㄱ

## 공연
名表演、演出
漢公演

공연은 몇 시부터 시작해요?
表演從幾點開始？

## 공원
名公園
漢公園

남자 친구와 공원에서 데이트했어요.
和男朋友在公園約會。

## 공중전화
名公共電話
漢公眾電話

핸드폰이 생긴 후 공중전화를 이용하는 사람이
적어졌어요.
有了手機以後使用公共電話的人變少了。

## 공짜
名免費
漢空~

이 집은 피자를 시키면 콜라는 공짜예요.
這家店點披薩的話可樂是免費。

## 공책
名筆記本
漢空冊 同노트

가방 안에는 책, 공책, 연필이 있습니다.
包包裡有書、筆記本、鉛筆。

| **공항** | 名機場 |
| | 漢空港 |

친구가 내일 오후 네 시에 인천 공항에 도착합니다.
朋友明天下午四點會抵達仁川機場。

| **공휴일** | 名假日、公休日 |
| | 漢公休日 |

한국에서는 크리스마스가 공휴일이에요.
在韓國聖誕節是假日。

| **과₁** | 名課 |
| | 漢課 |

오늘은 5과부터 수업하겠습니다.
今天要從第五課開始上課。

| **과₂** | 助和、跟（前面名詞最後一個字有收尾音時）類와 |

슈퍼에서 과일과 야채를 샀습니다.
在超市買了水果和青菜。

| **과일** | 名水果 |
| | 關사과,배,딸기,포도,바나나, |
| | 파인애플,수박 |
| | 蘋果 / 梨子 / 草莓 / 葡萄 / 香蕉 / |
| | 鳳梨 / 西瓜 |

무슨 과일을 좋아하세요?
你喜歡什麼水果？

ㄱ

## 과자

名 餅乾
漢 菓子

편의점에서 과자 한 봉지를 샀어요.
在超商買了一包餅乾。

## 관광(하다)

名 動 觀光 漢 觀光~
關 관광객 觀光客、遊客
變 관광합니다 - 관광해요 - 관광했어요
- 관광할 거예요

이번에 부모님과 중국 관광을 다녀왔어요.
這次和父母親去中國觀光。

몇 년 전에 일본 도쿄를 관광한 적이 있습니다.
幾年前我去過日本東京觀光。

## 관광버스

名 觀光巴士、遊覽車
漢+外 觀光bus

관광버스를 타고 설악산에 단풍 구경을 갔어요.
搭遊覽車去雪嶽山賞楓。

## 관광지

名 觀光地、觀光景點
漢 觀光地

제주도는 한국의 유명한 관광지입니다.
濟州島是韓國有名的觀光地。

## 관심

名 興趣、關心
漢 關心

요즘 요리에 관심이 많아요.
最近對料理很有興趣。

요즘 요리에 관심을 가지기 시작했어요.
最近開始對料理產生關心。

## 광고

名 廣告 漢 廣告
關 광고모델 廣告模特兒、廣告代言人

저는 광고 회사에 다닙니다.
我在廣告公司上班。

## 괜찮다

形 ①沒關係 ②不用 ③方便
④還可以、不錯 ⑤（身體）還好
變 괜찮습니다 – 괜찮아요 – 괜찮았어요
– 괜찮은

A)미안해요.. B)괜찮아요.
A)對不起。B)沒關係。

A)커피 드실래요? B)아니요, 괜찮습니다.
A)要喝咖啡嗎？ B)不用。

내일 언제가 괜찮아요?
明天什麼時候方便？

이 집 음식은 맛도 괜찮고 값도 싸요.
這家店的東西味道還不錯價錢也便宜。

괜찮아요? 다치지 않았어요?
你還好嗎？ 沒有受傷嗎？

ㄱ

## 교과서

名教科書
漢教科書

이건 제 영어 교과서예요.
這是我的英文教科書。

## 교수

名教授 漢教授
類선생님 反학생

김 교수님 계십니까?
金教授在嗎？

## 교실

名教室 漢教室
關책상,의자,칠판 書桌 / 椅子 / 黑板

지금 교실에 누가 있어요?
現在誰在教室裡？

## 교통

名交通
漢交通

이곳은 지하철역이 가까워서 교통이 아주 편리해요.
這裡離地鐵站很近所以交通非常方便。

## 교통사고

名交通事故、車禍
漢交通事故

교통사고 때문에 병원에 한 달 동안 입원했습니다.
因為交通事故住院一個月了。

## 교환학생

名交換學生
漢交換學生

저는 교환학생으로 한국에 왔습니다.
我是以交換學生來韓國的。

## 교회

**名** 教會
**漢** 教會

우리 가족은 일요일마다 교회에 갑니다.
我們家人每個星期日都去教會。

## 구

**數冠**【漢字音數字】九
**漢** 九

다음 달 9일이 제 생일입니다.
下個月九號是我的生日。

## 구경(하다)

**名動** 參觀、觀看、遊逛
**變** 구경합니다-구경해요-구경했어요
  -구경할 거예요

주말에 친구와 동물원 구경을 가려고 해요.
週末要和朋友去動物園參觀。

우리 이따가 꽃 구경하러 안 갈래요?
我們等一下要不要去賞花？

## 구두

**名** 皮鞋
**關** 하이힐,부츠 高跟鞋 / 靴子

내일은 이 구두를 신을 거예요.
明天要穿這雙皮鞋。

## 구름

**名** 雲

오늘은 구름이 많고 흐리겠습니다.
（氣象報告）今天會雲很多很陰暗。

ㄱ

| 국 | 名湯<br>※떡국을 먹다：喝年糕湯 |

국이 좀 짠 것 같아요.
湯好像有點鹹。

| 군인 | 名軍人、阿兵哥<br>漢軍人 |

삼촌은 군인이에요.
叔叔是軍人。

| 권 | 名【量詞】本<br>漢卷 |

이 노트 한 권에 얼마예요?
這筆記本一本多少錢？

| 귀 | 名耳朵 |

며칠 전부터 귀가 아파요.
幾天前開始耳朵痛。

| 귀고리 | 名耳環 同귀걸이<br>※귀고리를 하다：戴耳環 |

저기 귀고리를 하고 있는 사람이 바로 우리 언니예요.
那邊戴著耳環的人就是我姐姐。

| **귀국(하다)** | 名 動 回國 漢 歸國〜 反 출국(하다) |
| --- | --- |
| | 變 귀국합니다-귀국해요-귀국했어요 |
| | -귀국할 거예요 |

<u>귀국</u> 날짜가 언제예요?
回國的日子是什麼時候？

= 언제 <u>귀국</u>해요?
什麼時候回國？

| **귤** | 名 橘子 |
| --- | --- |
| | 漢 橘 |

제주도 귤은 아주 맛있습니다.
濟州島的橘子非常好吃。

| **그** | 冠 代 那 |
| --- | --- |
| | 類 저 |

<u>그</u> 가방은 어디에서 샀어요?
那個包包在哪裡買的？

| **그거** | 代 那個、那；「그것」的口語說法 |
| --- | --- |
| | 類 그것,저거,저것 |

<u>그거</u> 뭐예요?
那是什麼？

| **그것** | 代 那個、那 |
| --- | --- |
| | 類 그거,저것,저거 |

<u>그것</u>은 무엇입니까?
那是什麼？

ㄱ

## 그곳

代 那個地方、那裡
類 저곳

그곳에서 잠시만 기다리세요.
請在那裡等一下。

## 그날

名 那天

그날 저는 학교에 안 갔어요.
那天我沒有去學校。

## 그동안

名 這段時間

그동안 잘 지냈어요?
你這段時間過得好嗎？

## 그때

名 那時候、到時候

그때 우리는 처음 만났어요.
那時候我們初次見面。

그럼, 그때 봐요.
那麼，到時候見。

## 그래

感 ①好、嗯 ②【疑問句】是嗎？

A)지금 우리 집에 와. B)그래, 알았어.
A)現在來我家。B)好，我知道了。

A)저 내일 결혼해요. B)그래요? 축하해요.
A)我明天結婚。B)是嗎？恭喜你。

## 그래서 副 所以、因此

남자 친구가 한국 사람이에요. 그래서 한국어를
배워요.
= 남자 친구가 한국 사람이어서 한국어를 배워요.
男朋友是韓國人，所以學韓文。

## 그러나 副 可是、但是

어제 하루종일 기다렸어요. 그러나 친구는 오지
않았어요.
= 어제 하루종일 기다렸으나 친구는 오지 않았어요.
昨天等了一整天，但是朋友沒有來。

## 그러니까 副 所以

여기에서 가까워요. 그러니까 걸어서 가세요.
= 여기에서 가까우니까 걸어서 가세요.
離這裡很近，所以請走路過去。

## 그러면 副 如果那樣的話、那麼
簡 그럼

1번 출구로 나오세요. 그러면 은행이 보일 거예요.
= 1번 출구로 나오면 은행이 보일 거예요.
請從一號出口出來，就會看到銀行。

ㄱ

## 그런  冠那樣的

그런 사람하고는 친구하고 싶지 않아요.
不想和那樣的人當朋友。

## 그런데  副①可是、但是 ②（換話題時）等於英文的by the way
簡근데

새 카메라를 샀어요. 그런데 사용할 줄 몰라요.
= 새 카메라를 샀는데 사용할 줄 몰라요.
買了新相機，可是不會使用。

## 그럼  副感①那麼 ②是啊、當然啊
類그러면

그럼 내일 봐요.
那麼明天見。

A)지금 미혜 씨 집에 가도 돼요?
B)그럼요. 기다릴게요.
A)現在可以去美惠小姐家嗎？ B)當然啊，我等你。

## 그렇게  副那樣、那麼的
反이렇게

왜 그렇게 기분이 안 좋아요?
為什麼心情那樣不好？

## 그렇다

形 那樣、是的 反 이렇다
ㅎ變 그렇습니다－그래요－그랬어요
－그런

A)한국 사람입니까? B)네, 그렇습니다.
A)你是韓國人嗎？ B)是，是的。

## 그렇지만

副 可是、但是
類 하지만

이 옷은 예뻐요. 그렇지만 가격이 너무 비싸요.
= 이 옷은 예쁘지만 가격이 너무 비싸요.
這件衣服很漂亮，但是價錢太貴了。

## 그룹

名 團體、小組
外 group

'슈퍼주니어'는 제가 제일 좋아하는 그룹이에요.
Super Junior是我最喜歡的團體。

## 그릇

名 ① 碗、盤 ② 【量詞】碗

제가 그릇을 가져올게요.
我會拿碗來。

밥 한 그릇 더 주세요.
請再給我一碗飯。

ㄱ

## 그리고 副①還有 ②然後

제 남자 친구는 키가 커요. 그리고 잘생겼어요.
= 제 남자 친구는 키가 크고 잘생겼어요.
我男朋友身高很高，還有長得很帥。

식사를 먼저 하세요. 그리고 이를 닦으세요.
= 식사를 먼저 하고 이를 닦으세요.
請先吃飯，然後再刷牙。

## 그리다
動畫圖
變그립니다-그려요-그렸어요
-그릴 거예요

저는 그림을 잘 그려요.
我很會畫畫。

## 그림 名圖畫

제 취미는 그림 그리기예요.
我的興趣是畫圖。

## 그저께
名前天
同그제 反모레

그저께가 제 생일이었어요.
前天是我的生日。

## 그쪽
代那邊
類저쪽

그쪽으로 계속 가면 우체국이 보일 거예요.
繼續往那邊走的話就會看到郵局。

## 극장

名 劇場、電影院
漢 劇場 類 영화관

어제 극장에서 재미있는 영화를 봤어요.
昨天在電影院看了有趣的電影。

## 근

名【量詞】斤
漢 斤

돼지고기 한 근에 얼마예요?
豬肉一斤多少錢?

## 근데

副 ①但是、不過;「그런데」的簡稱、
口語說法
②(換話題時) 等於英文的by the way
類 그런데

근데 아까 슈퍼에서 뭐 샀어요?
(前面聊別的事情,突然換話題) 對了,你剛才在超市買了
什麼?

## 근처

名 附近
漢 近處

우리 집은 시청 근처에 있습니다.
我家在市政府附近。

## 글

名 文字、文章

다음 글을 읽고 대답하십시오.
(題目) 請念完下面的文章然後回答。

ㄱ

## 금년

名 今年
漢 今年 類 올해

금년 말에 여자친구와 결혼하려고 합니다.
今年底要跟女朋友結婚。

## 금방

副 馬上、立刻
漢 今方 類 곧

금방 갈게요.
我馬上過去。

## 금요일

名 星期五
漢 金曜日

금요일마다 테니스를 배우러 가요.
每星期五去學網球。

## 급

名 級 漢 級
關 초급,중급,고급 初級 / 中級 / 高級

9월에 한국어능력시험 초급을 볼 거예요.
九月要考韓文檢定初級。

## 급하다

形 急、著急 漢 急~
變 급합니다-급해요-급했어요-급한

제 친구는 성격이 너무 급해요.
我的朋友個性很急。

## 기념품

名 紀念品
漢 紀念品

이건 제가 한국에서 산 기념품이에요.
這是我在韓國買的紀念品。

## 기다리다

動 等、等待
變 기다립니다-기다려요-기다렸어요
-기다릴 거예요

오래 기다렸어요?
等了很久嗎？

저 기다리지 마세요.
請不要等我。

## 기분

名 心情
漢 氣分

기분이 좋아요. ←→ 기분이 나빠요.
心情好。←→ 心情不好。

## 기쁘다

形 高興、開心 類 반갑다 反 슬프다
으變 기쁩니다-기뻐요-기뻤어요
-기쁜

잃어버린 지갑을 찾아서 너무 기뻐요.
找回遺失的皮包很高興。

## 기숙사

名 宿舍
漢 寄宿舍

저는 학교 기숙사에서 살아요.
我住在學校宿舍。

## 기억

名 記憶
漢 記憶

기억이 안 나요.
想不起來。

ㄱ

| 기자 | 名記者 漢記者<br>關신문 기자,잡지 기자<br>報紙記者 / 雜誌記者 |

그 기자는 어느 신문사에서 일합니까?
那位記者在哪家報社工作？

| 기차 | 名火車<br>漢汽車 |

저번 주말에 기차를 타고 부산에 놀러 갔어요.
上週末搭火車去釜山玩。

| 기침(하다) | 名動咳嗽<br>變기침합니다-기침해요-기침했어요<br>-기침할 거예요 |

며칠 전부터 기침 약을 먹고 있어요.
我幾天前開始吃咳嗽藥。

기침을 너무 많이 해서 배가 아파요.
因為咳嗽咳得厲害肚子很痛。

| 긴장(하다) | 名動緊張 漢緊張~<br>變긴장합니다-긴장해요-긴장했어요<br>-긴장할 거예요 |

긴장하지 마세요.
請不要緊張。

## 긴장되다

動緊張 漢緊張~
變긴장됩니다-긴장돼요-긴장됐어요
-긴장될 거예요

너무 긴장돼요.
我非常緊張。

## 길

名路

길을 몰라서 택시를 탔습니다.
因為不知道路所以搭了計程車。

집에 가는 길에 슈퍼에서 우유를 샀습니다.
回家的路上去了超市買牛奶。

## 길다

形長 反짧다
ㄹ變깁니다-길어요-길었어요-긴

제 여자친구는 머리가 길어요.
我女朋友頭髮很長。

저는 머리가 긴 여자가 좋아요.
我喜歡長頭髮的女生。

## 김밥

名韓式壽司

김밥 만들 수 있어요?
你會做韓式壽司嗎?

## 김치

名泡菜

김치는 한국의 전통 음식입니다.
泡菜是韓國的傳統飲食。

ㄱ

## 김치찌개 　名 泡菜鍋

김치찌개는 김치, 두부, 돼지고기를 넣어서 만듭니다.
泡菜鍋是加入泡菜、豆腐、豬肉做的。

## 까만색 　名 黑色
漢 ~色　類 검정색, 검은색

저 까만색 가방은 누구 거예요?
那黑色的包包是誰的？

## 까지 　助 到
反 부터, 에서

몇 시부터 몇 시까지 일을 해요?
你從幾點到幾點工作？

이 기차는 서울까지 가요.
這班火車開到首爾。

## 깎다 　動 ①削 ②殺價
變 깎습니다 – 깎아요 – 깎았어요
– 깎을 거예요

사과 좀 깎아 주세요.
請幫我削蘋果。

너무 비싸요. 좀 깎아 주세요.
太貴了，請算我便宜一點。

**깨끗하다**
形乾淨 反더럽다
變깨끗합니다-깨끗해요-깨끗했어요
　-깨끗한

어제 청소를 해서 방이 아주 깨끗합니다.
昨天有打掃所以房間非常乾淨。

**꺼내다**
動拿出、掏出 反넣다
變꺼냅니다-꺼내요-꺼냈어요
　-꺼낼 거예요

가방에서 책을 꺼냈습니다.
從包包把書拿出來了。

**껌**
名口香糖
外gum

수업 시간에는 껌을 씹으면 안 돼요.
上課時間不可以吃口香糖。

**께**
助給
類에게,한테

어제 어머니께 생신 선물을 드렸습니다.
昨天送給母親生日禮物。

**께서**
助主詞助詞（用於高級敬語）
類이,가

할머니께서 아침에 시장에 가셨습니다.
奶奶早上去了市場。

ㄱ

| 께서는 | 助 強調、比較、對比助詞（用於高級敬語） |
|---|---|
| | 類 은,는 |

아버지께서는 무슨 일을 하세요?
你父親做什麼工作？

| 꼭 | 副 一定 |
|---|---|

내일 꼭 오세요.
明天一定要來喔。

| 꽃 | 名 花 |
|---|---|
| | 關 장미,벚꽃 玫瑰 / 櫻花 |

이 꽃 이름이 뭐예요?
這是什麼花？

| 꿈 | 名 ① 夢 ② 夢想 |
|---|---|
| | ※ 꿈을 꾸다 : 作夢 |

꿈 같아요.
像夢一樣。

어젯밤에 무서운 꿈을 꿨어요.
昨晚作了可怕的夢。

제 꿈은 유명한 요리사가 되는 거예요.
我的夢想是成為一個有名的廚師。

| | |
|---|---|
| **끄다** | 動關（燈、電視等）反켜다<br>으變끕니다-꺼요-껐어요<br>-끌 거예요 |

에어컨 좀 꺼 주세요.
請把冷氣關掉。

| | |
|---|---|
| **끝** | 名末尾、最後、結束<br>類마지막 反처음 |

처음부터 끝까지 변하지 않는 사람이 되고 싶어요.
想成為從一而終的人。

| | |
|---|---|
| **끝나다** | 動結束 反시작되다,시작(하다)<br>變끝납니다-끝나요-끝났어요<br>-끝날 거예요 |

오늘은 수업이 조금 일찍 끝났어요.
今天課程比較早結束。

| | |
|---|---|
| **끝내다** | 動結束、完成、完畢 反시작(하다)<br>變끝냅니다-끝나요-끝냈어요<br>-끝낼 거예요 |

이 일은 오늘까지 끝내야 해요.
這件事今天要完成才行。

ㄴ

| **나₁** | 助 或是（前面名詞最後一個字沒收尾音時）<br>類 이나, 거나 |

이번 휴가 때 바다나 산으로 놀러 갈까요?
這次休假的時候要不要去海邊或是山上玩？

| **나₂** | 代 我<br>類 저 |

안녕? 나는 진미혜라고 해.
你好 ？ 我叫陳美惠。

（나＋가→내가）：내가 학교에 갑니다.
我去學校。

| **나가다** | 動 出去<br>變 나갑니다 - 나가요 - 나갔어요<br>　　 - 나갈 거예요 |

밖에 나가서 친구들하고 놀고 싶어요.
我想出去外面和朋友們一起玩。

## 나다

**動** ①發生 ②產生
**變** 납니다-나요-났어요-날 거예요

어젯밤 교통사고가 나서 여러 사람이 다쳤습니다.
昨天晚上發生交通意外好幾個人受傷了。

생각이 안 나요.
我想不起來。

## 나라

**名** 國家

어느 나라에서 왔어요?
你是從哪個國家來的？

## 나무

**名** 樹木

우리 집 앞에는 사과 나무가 있어요.
我們家前面有蘋果樹。

## 나쁘다

**形** 壞、不好 **反** 좋다
**으變** 나쁩니다-나빠요-나빴어요
-나쁜

술과 담배는 몸에 나쁩니다.
酒和香菸對身體不好。

보통 여자들은 나쁜 남자를 좋아해요.
女生通常喜歡壞男人。

그 이야기를 듣고 기분이 나빠졌어요.
聽到那件事心情變不好了。

ㄴ

## 나오다

**動** 出來、出現 **反** 들어가다
**變** 나옵니다-나와요-나왔어요
　　-나올 거예요

운동장으로 나오세요.
請到運動場來。

친구는 약속 장소에 나오지 않았어요.
朋友沒有出現在約定的場所。

## 나이

**名** 年紀
**類** 연세

나이가 몇 살이에요?
你年紀多少？

## 나중

**名** 以後、下次 **反** 먼저

나중에 다시 전화하세요.
請下次再打電話。

## 날

**名** 日子、天

오늘은 아주 특별한 날입니다.
今天是非常特別的日子。

생일날 무슨 선물을 받았어요?
生日那天你收到什麼禮物？

**날다**

動 飛行
ㄹ變 납니다 – 날아요 – 날았어요
– 날 거예요

새처럼 하늘을 날고 싶어요.
我想像鳥一樣在天空飛行。

**날씨**

名 天氣
關 춥다, 덥다, 시원하다, 따뜻하다
冷 / 熱 / 涼快 / 溫暖

날씨가 좋아요. ⟷ 날씨가 나빠요.
天氣好。⟷ 天氣不好。

**날씬하다**

形 瘦、身材苗條 反 뚱뚱하다
變 날씬합니다 – 날씬해요
– 날씬했어요 – 날씬한

제 여자 친구는 모델처럼 아주 날씬합니다.
我女友像模特兒一樣身材苗條。

**남녀**

名 男女
漢 男女

공원에서 남녀 한 쌍이 산책하고 있어요.
公園裡有一對男女在散步。

**남다**

動 剩下
變 남습니다 – 남아요 – 남았어요
– 남을 거예요

남은 음식은 포장해 주세요.
剩下的菜請幫我打包。

ㄴ

## 남대문시장

名 南大門市場
漢 南大門市場

어제 남대문시장에 갔는데 사람이 너무 많았습니다.
昨天去了南大門市場但是人非常多。

## 남동생

名 弟弟
漢 男～

저는 남동생이 하나 있어요.
我有一個弟弟。

## 남산

名 南山
漢 南山

남산에 가 봤어요?
你去過南山嗎？

## 남자

名 男生、男人 漢 男子
類 남성（男性）反 여자

어제 남자 친구하고 데이트했어요.
昨天和男朋友約會了。

## 남쪽

名 南邊、南部
漢 南～ 反 북쪽

제주도는 한국 가장 남쪽에 있는 섬입니다.
濟州島是韓國位於最南部的島。

## 남편

**名** 丈夫、先生、老公
**漢** 男便 **反** 아내

제 남편은 한국 사람이에요.
我的丈夫是韓國人。

## 남학생

**名** 男學生、男同學
**漢** 男學生 **反** 여학생

우리 반은 남학생이 여학생보다 많습니다.
我們班男學生比女學生多。

## 낮

**名** 白天
**反** 밤

내일 낮에 제 사무실로 오세요.
明天白天請到我辦公室來。

## 낮다

**形** 低、矮（大樓、東西等） **反** 높다
**變** 낮습니다-낮아요-낮았어요-낮은

저기 보이는 낮은 건물이 바로 우리 집이에요.
那裡看到的矮建物就是我家。

키가 낮아요. (×) → 키가 작아요. (○)
身高矮。

## 내년

**名** 明年
**漢** 來年 **反** 작년

내년에 서울로 이사하려고 합니다.
我打算明年搬去首爾。

ㄴ

## 내려가다

**動**下去 **反**올라가다
**變**내려갑니다-내려가요-내려갔어요
-내려갈 거예요

아래층으로 내려가면 여자 화장실이 있어요.
往樓下走就有女廁所。

## 내려오다

**動**下來 **反**올라오다
**變**내려옵니다-내려와요-내려왔어요
-내려올 거예요

지하 주차장으로 내려오세요.
請到地下停車場來。

## 내리다

**動**①下（雨、雪）②下車 ③降下、減低
**反**타다,오르다
**變**내립니다-내려요-내렸어요
-내릴 거예요

비가 내려요. ＝비가 와요.
下雨。

다음 역에서 내리세요.
請在下一站下車。

집값이 조금 내렸어요.
房價下降一點了。

## 내용

**名**內容
**漢**內容

이 영화는 무슨 내용이에요?
這部電影的內容是什麼？

## 내일

名副 明天
漢 來日 反 어제

그럼 내일 오후 두 시에 만나요.
那麼明天下午二點見。

## 냉면

名 韓式涼麵、冷麵 漢 冷麵
關 물냉면,비빔냉면　水冷麵 / 拌冷麵

물냉면과 비빔냉면 중 어느 게 더 좋아요?
水冷麵和拌冷麵中比較喜歡哪一個？

## 냉장고

名 冰箱
漢 冷藏庫

저녁 식사 후 남은 음식은 냉장고에 넣었어요.
晚餐後剩下的菜放進冰箱裡。

## 너

代 你（對很熟的平輩或晚輩）
類 당신 反 나

너는 이름이 뭐야?
你叫什麼名字？

## 너무

副 非常、太～了
類 아주,많이

집에서 학교까지 너무 멀어요.
家到學校非常遠。

어제 시험은 너무 어려웠어요.
昨天考試太難了。

L

## 넓다

形寬、寬大 反좁다
變넓습니다－넓어요－넓었어요－넓은

길이 아주 넓어요.
道路非常寬大。

내 방이 더 넓었으면 좋겠습니다.
希望我的房間再大一點。

## 넣다

動放進、加 反꺼내다
變넣습니다－넣어요－넣었어요
－넣을 거예요

가방에 책과 사전을 넣었습니다.
書和字典放進包包裡了。

설탕은 넣지 말아 주세요.
請不要加糖。

## 네₁

感（回答時）是
類예 反아니요

A)학생입니까? B)네, 학생입니다.
A)你是學生嗎？ B)是，我是學生。

## 네₂

冠【純韓文數字】四（後方直接接量
詞時）類넷

우리 가족은 모두 네 명입니다.
我們家人總共有四個。

## 넥타이

名領帶 外necktie
※넥타이를 하다：打領帶

우리 회사는 넥타이를 꼭 하고 출근해야 해요.
我們公司一定要打領帶上班。

**넷**　　　**數**【純韓文數字】四
　　　　　**類** 네

저는 언니가 넷이에요.
我有四個姐姐。

**넷째**　　**冠 數** 第四

우리 넷째 삼촌은 지금 미국에서 살아요.
我的四叔叔現在住在美國。

**년**　　　**名** 年
　　　　　**漢** 年

일 년에 책을 몇 권 정도 읽으세요?
你一年讀幾本書呢?

**노란색**　　**名** 黃色
　　　　　**漢** ~色

노란색은 제가 제일 좋아하는 색깔이에요.
黃色是我最喜歡的顏色。

**노래(하다)**　**名** 歌曲 **動** 唱歌
　　　　　**變** 노래합니다-노래해요-노래했어요
　　　　　　　-노래할 거예요

저는 한국 노래를 아주 좋아합니다.
我很喜歡韓文歌。

제 취미는 노래하기예요.
我的興趣是唱歌。

노래를 해요. = 노래를 불러요.
唱歌。

ㄴ

## 노래방

名KTV
漢~房

영화를 본 후 <u>노래방</u>에 갔어요.
看完電影後去了KTV。

## 노트

名筆記本
外note 同공책

<u>노트</u>에 이름을 안 썼네요.
筆記本上沒有寫名字。

## 노트북

名筆電
外notebook

얼마 전에 <u>노트북</u>을 새로 샀어요.
不久前新買了筆電。

## 녹색

名綠色
漢綠色 同초록색

<u>녹색</u> 티셔츠가 참 잘 어울리네요.
綠色T恤真的很適合你耶。

## 녹차

名綠茶

커피나 <u>녹차</u>는 자기 전에 마시지 마세요.
睡前請不要喝咖啡或綠茶。

## 놀다

動 玩
ㄹ變 놉니다 – 놀아요 – 놀았어요
– 놀 거예요

아이들이 공원에서 놀고 있어요.
孩子們正在公園玩。

롯데월드에 놀러 가고 싶어요.
我想去樂天世界玩。

## 놀라다

動 驚嚇、驚訝
變 놀랍니다 – 놀라요 – 놀랐어요
– 놀랄 거예요

놀라지 마세요.
請不要驚訝。

깜짝 놀랐어요.
嚇了一跳。

## 농구

名 籃球  漢 籠球
關 농구장, 농구 선수, 농구 경기
籃球場 / 籃球選手 / 籃球比賽

농구 선수가 되고 싶어요.
想成為籃球選手。

나도 형처럼 농구를 잘했으면 좋겠습니다.
我希望像哥哥一樣籃球打得好。

ㄴ

ㄴ

| 높다 | 形高（大樓、東西等）反낮다<br>變높습니다－높아요－높았어요<br>－높은 |
| --- | --- |

대만에서 가장 높은 빌딩은 **101**빌딩입니다.
台灣最高的大樓是101大樓。

키가 높아요. (×) → 키가 커요. (○)
身高高。

| 놓다 | 動放、放下<br>變놓습니다－놓아요－놓았어요<br>－놓을 거예요 |
| --- | --- |

그 꽃병은 책상 위에 놓으세요.
那花瓶請放在書桌上。

| 누구 | 代誰 |
| --- | --- |

주말에 누구를 만났어요?
你週末跟誰見面了？

（누구＋가→누가）：누가 학교에 갑니까?
誰去學校？

| 누나 | 名姐姐（男生叫的）<br>類언니 |
| --- | --- |

누나는 남자 친구 있어요?
姐姐有男朋友嗎？

## 눈

**名** ①眼睛 ②雪

저는 눈이 큰 여자가 좋아요.
我喜歡大眼睛的女生。

지금 밖에 눈이 오고 있어요.
現在外面正在下雪。

눈이 와요. = 눈이 내려요.
下雪。

## 눈물

**名** 眼淚
※눈물이 나다 = 눈물을 흘리다
　：掉眼淚

영화가 너무 슬퍼서 눈물이 났어요.
電影非常悲傷所以哭了。

## 뉴스

**名** 新聞、新聞節目
**外** news

아버지께서는 매일 저녁 식사 후 9시 뉴스를
꼭 보세요.
父親每天晚餐後一定要看九點新聞節目。

## 뉴욕

**名**【地名】紐約
**外** New York

저는 뉴욕에서 3년 동안 살았어요.
我住在紐約三年。

## 느리다

**形** 緩慢 **反** 빠르다
**變** 느립니다-느려요-느렸어요-느린

기차는 비행기보다 느려요.
火車比飛機緩慢。

느린 음악은 별로 안 좋아해요.
我不太喜歡慢歌。

## 는

**助** 強調、比較、對比助詞（前面名詞
最後一個字沒收尾音時）**類** 은

안녕하세요? 저는 진미혜라고 합니다.
你好？我叫陳美惠。

언니는 날씬하지만 저는 뚱뚱해요.
姐姐瘦但我胖。

낮에는 일하고 밤에는 공부해요.
白天工作晚上讀書。

## 늦다

**動 形** 遲、晚 **類** 지각(하다)
**變** 늦습니다-늦어요-늦었어요
－늦을 거예요
**變** 늦습니다-늦어요-늦었어요-늦은

늦지 마세요.
請不要遲到。

길이 막혀서 늦었어요.
因為塞車所以遲了。

늦어서 죄송합니다.
很抱歉我遲到了。

아침에 늦게 일어났어요.
早上起來晚了。

## ㄷ

| 다 | 圖全部、都<br>圈모두,전부 |
|---|---|

숙제 다 했어요?
作業都做好了嗎？

| 다녀오다 | 動去一趟回來<br>變다녀옵니다-다녀와요-다녀왔어요<br> -다녀올 거예요 |
|---|---|

여행 잘 다녀오세요.
請好好旅行回來。/ 祝你一路順風。

학교 다녀오겠습니다.
我去學校了。

학교 다녀왔습니다.
我從學校回來了。

| 다니다 | 動來往、上（學、班）<br>變다닙니다-다녀요-다녔어요<br> -다닐 거예요 |
|---|---|

어느 학교에 다녀요?
你上哪一所學校？

저는 은행에 다니고 있습니다.
我在銀行上班。

## 다르다

形 不一樣、不同 反 같다, 비슷하다
르變 다릅니다 – 달라요 – 달랐어요
– 다른

저와 형은 성격이 많이 달라요.
我和哥哥的個性非常不一樣。

이거 다른 색깔은 없어요?
這個沒有其他顏色嗎？

ㄷ

## 다른

冠 其他、別的

다른 사람들은 다 어디에 갔어요?
其他人都去哪裡了？

## 다리

名 ①腿 ②橋樑

언니는 모델처럼 다리가 길어요.
姐姐像模特兒一樣腿長。

한강의 다리들은 밤에 더 아름답습니다.
漢江的橋樑在晚上更美麗。

## 다섯

冠 數 【純韓文數字】五

맥주 다섯 병 주세요.
請給我五瓶啤酒。

이 집은 딸만 다섯이에요.
這家只有五個女兒。

## 다시 副再、重複

다시 한 번 말씀해 주세요.
請再說一次。

## 다양하다 形多樣 漢多樣~
變다양합니다-다양해요-다양했어요
-다양한

여기 옷은 디자인과 색깔이 참 다양하네요.
這裡的衣服設計和顏色很多樣化。

이 상점에서는 다양한 종류의 핸드폰을 팝니다.
這家商店賣很多種類的手機。

## 다음 名下、下次 反저번
關다음 주,다음 주말 下週 / 下個週末

다음 주부터 여름 방학이에요.
下星期開始放暑假。

다음에는 중국 요리를 먹으러 갑시다.
我們下次去吃中國料理吧。

## 다이어트 (하다)
名動減肥 外diet
變다이어트합니다-다이어트해요
-다이어트했어요
-다이어트할 거예요

요즘 다이어트 때문에 저녁을 안 먹어요.
最近因為減肥所以不吃晚餐。

오늘부터 다이어트하려고 해요.
今天開始要減肥。

## 다치다

動 受傷
變 다칩니다 - 다쳐요 - 다쳤어요
　- 다칠 거예요

얼마 전 교통사고로 다리를 <u>다쳤어요</u>.
不久前因為交通意外腿受傷了。

ㄷ

## 닦다

動 ①刷（牙）②擦
變 닦습니다 - 닦아요 - 닦았어요
　- 닦을 거예요

이를 <u>닦아요</u>. = 양치해요.
刷牙。

저는 하루에 세 번 이를 <u>닦습니다</u>.
我一天刷三次牙。

눈물을 <u>닦으세요</u>.
請擦一下眼淚。

## 단어

名 單字
漢 單語

이 단어는 아주 중요하니까 꼭 외우세요.
這單字非常重要所以請一定要背起來。

## 단풍

名 楓葉
漢 丹楓

설악산의 단풍은 너무 아름다워요.
雪嶽山的楓葉非常美麗。

**닫다**

動 關閉、關（門、窗戶等） 反 열다
變 닫습니다－닫아요－닫았어요
－닫을 거예요

문 좀 닫아 주세요.
請幫我關一下門。

**달**

名 ①月亮 ②【量詞】（個）月
類 개월 反 해
關 지난달＝저번 달,이번 달,다음 달
上個月 / 這個月 / 下個月

밤 하늘의 달이 밝습니다.
夜晚天空的月亮很亮。

다음 달부터 한국어를 배울 겁니다.
下個月開始要學韓文。

한 달 전에 핸드폰을 새로 샀습니다.
一個月前新買了手機。

**달걀**

名 雞蛋
同 계란

갑자기 달걀찜이 먹고 싶어요.
突然想吃蒸蛋。

**달다**

形 甜
ㄹ變 답니다－달아요－달았어요－단

초콜릿은 달아요.
巧克力甜。

## 달러

名美金
外dollar

달러를 한국 돈으로 바꾸고 싶어요.
我想用美金換韓幣。

## 달력

名月曆
漢～曆

달력은 컴퓨터와 꽃병 사이에 있습니다.
月曆在電腦和花瓶中間。

## 달리다

動跑 類뛰다 反걷다
變달립니다－달려요－달렸어요
－달릴 거예요

저는 매년 달리기 대회에 참가합니다.
我每年都會參加賽跑。

## 닭

名雞

삼계탕은 닭으로 만든 한국 전통 음식입니다.
人參雞湯是用雞做的韓國傳統料理。

## 닭고기

名雞肉

저는 닭고기를 못 먹어요.
我不敢吃雞肉。

## 닮다

**動** 相似、長得像
**變** 닮습니다－닮아요－닮았어요
－닮을 거예요

저는 아빠를 많이 닮았습니다.
我長得很像爸爸。

언니와 저는 하나도 안 닮았어요.
姐姐和我長得一點都不像。

## 담배

**名** 香菸
※담배를 피우다：抽菸

여기에서 담배 피워도 돼요?
這裡可以抽菸嗎？

## 답장(하다)

**名 動** 回信、回覆 **漢** 答狀～
**變** 답장합니다－답장해요－답장했어요
－답장할 거예요

답장 기다릴게요.
我會等你的回信。

아직 답장을 못 했어요.
我還沒回覆。

## 당신

**名** 你
**漢** 當身 **類** 너

사랑하는 당신의 생일 축하합니다.
（生日歌歌詞）祝親愛的你生日快樂。

ㄷ

| **대** | 名【量詞】台<br>漢台 |

이 카메라 한 대에 얼마예요?
這相機一台多少錢？

| **대구** | 名【地名】大邱<br>漢大邱 |

내일 출장 때문에 대구에 가야 해요.
明天因為出差要去大邱。

| **대단하다** | 形厲害、了不起<br>變대단합니다-대단해요-대단했어요<br>-대단한 |

정말 대단해요!
真的了不起！/ 好厲害喔！

| **대답(하다)** | 名動回答、解答 漢對答~<br>變대답합니다-대답해요-대답했어요<br>-대답할 거예요 |

왜 대답이 없어요?
為什麼不回答？

다음 질문에 대답하세요.
（題目）請回答下個問題。

| **대만** | 名台灣 漢台灣<br>同타이완（Taiwan）關타이베이 台北 |

저는 대만 사람입니다.
我是台灣人。

## 대부분
名 大部分
漢 大部分

우리 반 친구들 대부분은 남자 친구가 있어요.
我們班同學大部分都有男朋友。

## 대사관
名 大使館
漢 大使館

여기에서 미국 대사관까지 어떻게 가요?
從這裡到美國大使館要怎麼去？

## 대전
名【地名】大田
漢 大田

제 외할아버지 댁은 대전에 있습니다.
我外公家在大田。

## 대중교통
名 大眾交通 漢 大眾交通
關 버스,지하철,택시,기차,비행기
　　巴士 / 捷運 / 計程車 / 火車 / 飛機

이 시간에는 차가 많이 막히니까 대중교통을
이용합시다.
這個時間非常塞車所以利用大眾交通吧。

## 대학
名 大學
漢 大學 類 대학교

한국에서 대학을 다니고 싶습니다.
我想在韓國上大學。

ㄷ

| 대학교 | 名 大學 漢 大學校 類 대학 |

저는 서울대학교 2학년 학생입니다.
我是首爾大學二年級的學生。

| 대학생 | 名 大學生 漢 大學生 |

많은 대학생들이 방학 때 아르바이트를 합니다.
很多大學生在放假時打工。

| 대학원 | 名 研究所 漢 大學院 |

대학 졸업 후 대학원에 가서 계속 공부할 거예요.
大學畢業後要上研究所繼續讀書。

| 대한민국 | 名 大韓民國 漢 大韓民國 簡 한국 |

대한민국의 수도는 서울입니다.
大韓民國的首都是首爾。

| 대화 | 名 對話 漢 對話 |

다음 대화를 듣고 알맞은 그림을 고르십시오.
（題目）請聽完下列對話選出對的圖案。

| 대회 | 名 大會、比賽<br>漢 大會 |
|---|---|

1년 전에 미술 대회에 나갔는데 상은 못 받았어요.
一年前參加美術比賽但是沒有得獎。

| 댁 | 名 家;「집」的敬語<br>漢 宅　類 집 |
|---|---|

다음 주에 선생님 댁에 갈 거예요.
下星期要去老師的家。

| 더 | 副 再、更加、比較 |
|---|---|

더 드실래요?
要不要再吃一些? ＝ 要不要再來一碗? / 要不要再來一杯?

제가 언니보다 더 예뻐요.
我比姐姐更漂亮。

| 더럽다 | 形 髒　反 깨끗하다<br>ㅂ變 더럽습니다-더러워요<br>　　-더러웠어요-더러운 |
|---|---|

방이 너무 더러워서 청소를 해야겠어요.
我看房間非常髒要打掃才行。

ㄷ

## 덥다

形熱 反춥다
ㅂ變덥습니다-더워요-더웠어요
-더운

너무 더워요.
太熱了。

더워서 에어컨을 켰어요.
因為熱所以開了冷氣。

더우면 에어컨을 켜세요.
熱的話請開冷氣。

## 데이트 (하다)

名動約會 外date
變데이트합니다-데이트해요
-데이트했어요-데이트할 거예요

오늘 데이트 있어요?
今天有約會嗎？

보통 주말에는 여자 친구와 데이트를 합니다.
週末通常和女朋友約會。

## 도

助也

저도요.
我也是。

저도 한국 사람이에요.
我也是韓國人。

## 도둑

名小偷
※도둑이 들다：遭小偷

어제 맞은편 식당에 도둑이 들었어요.
昨天對面餐廳遭小偷了。

## 도서관

**名** 圖書館
**漢** 圖書館

도서관에 책을 읽으러 왔습니다.
來圖書館看書。

## 도시

**名** 都市、城市
**漢** 都市

부산은 한국에서 두번째로 큰 도시예요.
釜山在韓國是第二大都市。

## 도시락

**名** 便當

점심시간에 회사에서 도시락을 먹었습니다.
午休時間在公司吃了便當。

## 도와주다

**動** 給予幫助
**變** 도와줍니다－도와줘요－도와줬어요
－도와줄 거예요

좀 도와주세요.
請幫忙我。

도와줘서 고마워요.
謝謝你給予幫助。

## 도착(하다)

**名** **動** 到達 **漢** 到着～ **反** 출발(하다)
**變** 도착합니다－도착해요－도착했어요
－도착할 거예요

오후 3시 정도에 도착할 거예요.
下午三點左右會到達。

ㄷ

## 도쿄

名東京
外Tokyo 同동경

지난 여름 방학 때 도쿄로 배낭여행을 다녀왔어요.
去年暑假時去了東京自助旅行。

## 독도

名獨島
漢獨島

독도는 대한민국 제일 동쪽에 있는 섬입니다.
獨島是大韓民國位於最東部的島。

## 독일

名德國
漢獨逸

독일은 프랑스 옆에 있는 나라예요.
德國是在法國旁邊的國家。

## 돈

名錢
關한국돈,대만돈,달러,지폐,동전
韓幣 / 台幣 / 美金 / 紙鈔 / 硬幣

여행을 가고 싶지만 돈이 없어요.
雖然想去旅行但是沒有錢。

## 돌아가다

動①回去 ②往～（轉）走 反돌아오다
變돌아갑니다－돌아가요－돌아갔어요
－돌아갈 거예요

언제 고향에 돌아갈 거예요?
什麼時候要回去故鄉？

오른쪽으로 돌아가시면 됩니다.
只要往右走就可以。

## 돌아가시다

動 過世；「죽다」的敬語 類 죽다
變 돌아가십니다 – 돌아가세요
　– 돌아가셨어요 – 돌아가실 거예요

옆집 할아버지께서 돌아가셨어요.
鄰居爺爺過世了。

## 돌아오다

動 回來 反 돌아가다
變 돌아옵니다 – 돌아와요 – 돌아왔어요
　– 돌아올 거예요

퇴근 후 집으로 돌아오는 길에 우연히 친구를
만났어요.
下班後回家的路上偶然遇到朋友。

ㄷ

## 돕다

動 幫助、幫忙
ㅂ變 돕습니다 – 도와요 – 도왔어요
　– 도울 거예요

어려운 사람들을 돕고 싶어요.
我想幫助有困難的人。

제가 도와 드릴까요?
需要我幫忙嗎？

## 동경

名 東京
漢 東京 同 도쿄

동경은 일본의 수도입니다.
東京是日本的首都。

**ㄷ**

## 동대문시장

名 東大門市場
漢 東大門市場

이 티셔츠는 동대문시장에서 샀어요.
這件T恤是在東大門市場買的。

## 동물

名 動物 漢 動物 反 식물
關 개,강아지,고양이,소,돼지,닭,호랑이,
원숭이,토끼  狗 / 小狗 / 貓 / 牛 /
豬 / 雞 / 老虎 / 猴子 / 兔子

저는 동물 중에서 양이 제일 좋습니다.
動物當中我最喜歡羊。

## 동물원

名 動物園
漢 動物園

동물원에서 호랑이,원숭이,토끼 등 많은 동물들을
구경했어요.
在動物園觀賞了老虎、猴子、兔子等很多的動物。

## 동생

名 弟弟、妹妹
類 남동생,여동생

저는 동생이 두 명 있습니다.
我有二個弟弟（妹妹）。

## 동안

名 期間

매일 아침 공원에서 한 시간 동안 운동을 합니다.
每天早上在公園運動一小時。

## 동쪽

名東邊、東部
漢東~ 反서쪽

동쪽으로 100m 정도 가십시오.
請往東邊走一百公尺左右。

## 동창회

名同學會
漢同窓會

어제 고등학교 동창회에 갔어요.
昨天去了高中同學會。

## 돼지

名豬

저는 뚱뚱해서 별명이 돼지예요.
因為我很胖所以綽號叫豬。

## 돼지고기

名豬肉

김치찌개를 만들려고 돼지고기를 샀습니다.
為了要煮泡菜鍋買了豬肉。

## 되다

動①變成、成為 ②可以、行
變됩니다-돼요-됐어요-될 거예요
※안 되다：不可以、不行

저는 가수가 되고 싶습니다.
我想成為歌手。

A)여기에서 사진 찍어도 돼요? B)안 돼요.
A)可以在這裡照相嗎？ B)不行。

**된장**  名 味噌
漢 ～醬

<u>된장</u>은 얼마나 넣을까요?
味噌要放多少進去？

**된장찌개**  名 味噌鍋
漢 ～醬～

<u>된장찌개</u>는 어떻게 만들어요?
味噌鍋要怎麼做呢？

ㄷ

**두**  冠 【純韓文數字】二（後方直接接量
詞時）
類 둘

A)몇 분이세요? B)<u>두</u> 명입니다.
A)請問幾位？ B)兩個人。

**두껍다**  形 厚  反 얇다
ㅂ變 두껍습니다-두꺼워요
-두꺼웠어요-두꺼운

이 책은 너무 <u>두꺼워요</u>.
這本書太厚了。

날씨가 추워서 <u>두꺼운</u> 옷을 입었습니다.
天氣很冷所以穿了很厚的衣服。

**두부**  名 豆腐
漢 豆腐

<u>두부</u>로 만든 요리는 다 좋아해요.
豆腐做的料理我都喜歡。

| 두통 | 名 頭痛　漢 頭痛<br>※머리가 아프다：形 頭痛 |

두통약 하나 주세요.
請給我一顆頭痛藥。

| 둘 | 數【純韓文數字】二<br>類 두 |

우리 둘은 중학교 때부터 친구입니다.
我們兩個從國中時期就是朋友。

| 둘째 | 數 第二 |

둘째 고모는 옷가게 주인이에요.
我二姑是服飾店老闆。

| 뒤 | 名 後面 |

약국은 병원 뒤에 있습니다.
藥局在醫院後面。

| 드라마 | 名 電視劇<br>外 drama |

이 드라마는 너무 재미있어서 여러 번 봤어요.
這齣電視劇非常好看所以看了好多次。

ㄷ

| 드리다 | 動給、送；「주다」的謙讓語 類주다<br>變드립니다-드려요-드렸어요<br>　-드릴 거예요 |

아침에 할아버지께 전화를 드렸습니다.
早上打了電話給爺爺。

어서오세요. 손님, 뭘 드릴까요?
歡迎光臨。客人，請問您需要什麼？

| 드시다 | 動吃、喝；「먹다,마시다」的敬語<br>類먹다,마시다,잡수시다<br>變드십니다-드세요-드셨어요<br>　-드실 거예요 |

많이 드세요.
請多吃一點。

손님, 뭐 드시겠습니까?
客人，請問您要吃什麼？

| 듣다 | 動聽 反말하다<br>ㄷ變듣습니다-들어요-들었어요<br>　-들을 거예요 |

보통 기분이 안 좋을 때는 노래를 들어요.
通常心情不好的時候會聽歌。

음악을 들으면서 목욕을 해요.
邊聽音樂邊泡澡。

| 들 | 名~們；表示複數 |

제 친구들은 모두 회사원입니다.
我的朋友們全部都是上班族。

**들다**

動 拿、提
ㄹ變 듭니다 – 들어요 – 들었어요
– 들 거예요

친구는 지금 분홍색 핸드백을 들고 있습니다.
朋友現在提著粉紅色手提包。

가방 들어 드릴까요?
要幫你拿包包嗎?

**들리다**

動 聽見、聽到
變 들립니다 – 들려요 – 들렸어요
– 들릴 거예요

뭐라고요? 안 들려요.
你說什麼? 聽不到。

방금 무슨 소리 안 들렸어요?
剛剛沒有聽到什麼聲音嗎?

**들어가다**

動 進去 反 들어오다
變 들어갑니다 – 들어가요 – 들어갔어요
– 들어갈 거예요

안쪽으로 들어가세요.
請往裡面進去。

**들어오다**

動 進來 反 들어가다
變 들어옵니다 – 들어와요 – 들어왔어요
– 들어올 거예요

들어오세요.
請進。

ㄷ

## 등산(하다)

名動爬山、登山 漢登山~
變등산합니다-등산해요-등산했어요
－등산할 거예요

제 취미는 등산이에요.
我的興趣是爬山。

내일 날씨가 좋으면 등산하러 갈 거예요.
明天天氣好的話要去爬山。

## 디자인

名設計
外design

저는 대학에서 디자인을 공부했습니다.
我在大學是學設計的。

## 디저트

名甜點
外dessert

디저트는 뭘로 하시겠어요?
甜點您要點什麼呢？

## 따뜻하다

形溫暖 反시원하다
變따뜻합니다-따뜻해요-따뜻했어요
－따뜻한

오늘은 날씨가 참 따뜻하네요.
今天天氣真溫暖。

잠이 안 올 때는 따뜻한 우유 한 잔을 드세요.
睡不著時請喝一杯溫牛奶。

| 따로 | 副另外、分開<br>反같이 |
|------|------|

따로 계산해 주세요.
請分開結帳。

| 딸 | 名女兒<br>反아들 |
|------|------|

저는 딸 하나 아들 하나 있습니다.
我有一個女兒一個兒子。

| 딸기 | 名草莓 |
|------|------|

저는 딸기 맛 아이스크림을 제일 좋아해요.
我最喜歡草莓口味冰淇淋。

| 땀 | 名汗<br>※땀이 나다 = 땀을 흘리다：流汗 |
|------|------|

오늘은 날씨가 너무 더워서 조금만 걸어도 땀이 많이 나요.
今天天氣非常熱所以只走一下下就流很多汗。

| 때 | 名～的時候 |
|------|------|

여름 방학 때 어디에 가고 싶어요?
暑假的時候想去哪裡？

심심할 때는 친구에게 전화를 합니다.
無聊的時候打電話給朋友。

ㄷ

| 때문 | 名 原因、緣故、理由<br>※때문에～：因為、由於～ |

요즘 감기 때문에 약을 먹고 있어요.
最近因為感冒所以在吃藥。

지금 비가 오기 때문에 등산을 갈 수 없습니다.
現在因為下雨所以不能去爬山。

어제는 비가 왔기 때문에 등산을 안 갔습니다.
昨天因為下雨所以沒去爬山。

| 떠나다 | 動 離開、出發 類 출발하다<br>變 떠납니다－떠나요－떠났어요<br>　－떠날 거예요 |

날 떠나지 마.
不要離開我。

내일 몇 시에 떠날 거예요?
明天幾點要出發？

| 떡 | 名 年糕 |

요즘 아이들은 떡보다 케이크를 더 좋아합니다.
現在小孩喜歡蛋糕勝於年糕。

| 떡국 | 名 年糕湯 |

한국 사람들은 설날 아침에 떡국을 먹습니다.
韓國人在新年的早上喝年糕湯。

## 떡볶이　**名** 辣炒年糕

<u>떡볶이</u>는 맵지만 아주 맛있어요.
辣炒年糕雖然辣但是非常好吃。

## 또　**副** 又、再

<u>또</u> 만납시다.
我們再見面吧。

## 똑같다

**形** 完全相同、一模一樣　**類** 같다
**變** 똑같습니다-똑같아요-똑같았어요
－똑같은

엄마는 자주 저와 동생에게 <u>똑같은</u> 옷을 사 주십니다.
媽媽常常買一模一樣的衣服給我和弟弟（妹妹）。

두 사람은 정말 <u>똑같이</u> 생겼어요.
兩個人真的長得一模一樣。

## 똑바로　**副** 一直

이 길로 <u>똑바로</u> 가면 슈퍼가 보일 겁니다.
這條路一直走的話會看到超市。

## 뚱뚱하다

**形** 胖　**反** 날씬하다
**變** 뚱뚱합니다-뚱뚱해요-뚱뚱했어요
－뚱뚱한

이 옷을 입으면 <u>뚱뚱해</u> 보여요.
穿這件衣服會看起來胖胖的。

ㄷ

**ㄷ**

| 뛰다 | 動①跳、跑 ②（心臟）跳動<br>類달리다 反걷다<br>變뜁니다-뛰어요-뛰었어요<br>-뛸 거예요 |

매일 저녁 학교 운동장을 30분 동안 뜁니다.
每天晚上跑運動場三十分鐘。

그 사람만 보면 가슴이 뛰어요.
只要看到那個人心就會跳。

| 뜨겁다 | 形熱、燙 反차갑다<br>ㅂ變뜨겁습니다-뜨거워요<br>-뜨거웠어요-뜨거운 |

커피가 너무 뜨거워요.
咖啡太燙了。

국물이 뜨거우니까 조심히 드세요.
湯非常燙請你小心喝。

| 뜻 | 名意思 |

이게 무슨 뜻이에요?
這個是什麼意思？

| 띠 | 名生肖<br>關쥐,소,호랑이,토끼,용,뱀,말,양,<br>원숭이,닭,개,돼지 鼠／牛／虎／兔／<br>龍／蛇／馬／羊／猴／雞／狗／豬 |

A)무슨 띠예요? B)토끼띠예요.
A)你屬什麼？ B)我屬兔。

## ㄹ

| 라디오 | 名 收音機、廣播<br>外 radio |
|---|---|

보통 라디오를 들으면서 운전을 해요.
通常邊聽廣播邊開車。

| 라면 | 名 泡麵、拉麵<br>外 ramen |
|---|---|

저는 라면을 먹으면 소화가 잘 안 돼요.
我吃泡麵的話不太好消化。

| 랑 | 助 和、跟（前面名詞最後一個字沒收<br>尾音時）<br>類 이랑 |
|---|---|

동대문시장에서 모자랑 가방을 샀어요.
在東大門市場買了帽子和包包。

| 러시아 | 名 俄羅斯<br>外 Russia |
|---|---|

저 사람은 러시아 사람입니다.
那個人是俄羅斯人。

## 런던

名倫敦
外London

런던에 사는 친구에게서 편지를 받았습니다.
收到住在倫敦的朋友寄來的信。

## 레스토랑

名西餐廳
外restaurant

남자 친구와 레스토랑에서 저녁 식사를 했습니다.
和男朋友在西餐廳吃了晚餐。

ㄹ

## 로

助①【目的地】往 ②【道具、原材料】用
③【交通工具】搭乘 ④【選擇】當
⑤【變化】成（前面名詞最後一個字
沒收尾音，或收尾音為「ㄹ」時）
類으로

겨울에 호주로 여행갈 거예요.
冬天要去澳洲旅行。

카드로 계산할게요.
要用信用卡結帳。/ 我要刷卡。

지하철로 회사에 갑니다.
搭地鐵去公司。

친구 생일 선물로 귀고리를 샀어요.
買了耳環當作朋友的生日禮物。

좀 더 큰 바지로 바꿔 주세요.
請幫我換再大一點的褲子。

| 를 |  受詞助詞（前面名詞最後一個字沒<br>收尾音時）<br>圜 을 |
|---|---|

커피를 마십니다.
我喝咖啡。

ㄹ

## 마다 助 每～

날마다 운동을 합니다. = 매일 운동을 합니다.
每天運動。

나라마다 문화가 다릅니다.
每個國家文化不同。

## 마리 名【量詞】隻（動物）、條（魚）

곰 세 마리
三隻熊（韓劇「浪漫滿屋」裡「宋慧喬」唱過的兒歌）

생선 한 마리 주세요.
（在市場）請給我一條魚。

## 마시다 動 喝 類 드시다 關 먹다<br>變 마십니다－마셔요－마셨어요<br>－마실 거예요

뭐 마실래요?
你要喝什麼？

저는 매일 아침 우유를 마십니다.
我每天早上喝牛奶。

**마음**

名①心、心意 ②心胸
※마음에 들다：
滿意、符合心意、喜歡

고마워요. 아주 마음에 들어요.
（收到禮物時）謝謝。我非常喜歡。

저는 마음이 넓은 남자가 좋아요.
我喜歡心胸寬大的男生。

**마지막**

名最後
類끝

그 드라마 마지막에 어떻게 끝났어요?
那齣連續劇最後怎麼結局？

마지막으로 미혜 씨 자기소개 하세요.
最後請美惠小姐自我介紹。

**마흔**

數【純韓文數字】四十

삼촌은 올해 마흔 살이 되었습니다.
叔叔今年四十歲了。

**막히다**

動堵住、塞住、塞（車）
變막힙니다－막혀요－막혔어요
－막힐 거예요

출퇴근 시간에는 차가 많이 막힙니다.
上下班時間非常塞車。

口

## 만₁　助只、只要

이천 원만 싸게 해 주세요, 네?
只便宜我兩千韓元，好不好？

저는 과일 중에서 사과만 먹습니다.
水果當中我只吃蘋果。

## 만₂　數冠萬　漢萬

10,000원 = 만 원
一萬韓元（唸「一萬」時，前面不用加「一」，直接唸
「萬」就好）

## 만나다　動①見面 ②遇到、碰見
變만납니다 – 만나요 – 만났어요 – 만날 거예요

내일 어디에서 만날까요?
我們明天要在哪裡見面？

영화관에서 우연히 친구를 만났어요.
在電影院偶然遇到朋友。

## 만두　名包子、餃子
關물만두,군만두 水餃 / 煎餃

저는 군만두보다 물만두가 더 좋아요.
比起煎餃我更喜歡水餃。

口

## 만들다

動 作、製造

己變 만듭니다 – 만들어요
　　　 – 만들었어요 – 만들 거예요

떡볶이는 어떻게 만듭니까?
辣炒年糕怎麼做?

오늘 저녁은 제가 만들게요.
今天晚餐我來做。

## 만화

名 漫畫

漢 漫畫

어제는 너무 심심해서 만화책을 여러 권 봤습니다.
昨天很無聊所以看了好幾本漫畫。

## 많다

形 多 反 적다

變 많습니다 – 많아요 – 많았어요 – 많은

주말이어서 영화관에는 사람이 아주 많았어요.
因為是週末,在電影院人很多。

친구가 많은 사람은 보통 성격이 좋아요.
朋友很多的人通常個性很好。

## 많이

副 多

類 아주, 너무 反 조금

많이 드세요.
請多吃一點。

밥을 너무 많이 먹었어요.
我吃了太多飯。

| **말** | 名① 馬 ② 末、（月）底<br>漢 馬、末 |

저는 <u>말</u>을 타 본 적이 없습니다.
我沒有騎過馬。

이번 달 <u>말</u>에 초등학교 동창회가 있어요.
這個月底有國小同學會。

| **말(하다)** | 名 話 動 說、講<br>類 말씀(하시다) 反 듣다<br>變 말합니다- 말해요- 말했어요<br>　- 말할 거예요 |

<u>말</u>이 너무 많은 남자는 싫어요.
我不喜歡話太多的男生。

한국<u>말</u> 할 줄 알아요?
你會講韓文嗎？

다른 사람한테는 <u>말</u>하지 마세요.
請不要跟別人講。

| **말씀<br>(하시다)** | 名 話 動 說、講<br>；「말(하다)」的敬語<br>類 말(하다)<br>變 말씀하십니다- 말씀하세요<br>　- 말씀하셨어요- 말씀하실 거예요 |

좀 천천히 <u>말씀</u>해 주시겠어요?
請您說慢一點，好嗎？

드릴 <u>말씀</u>이 있습니다.
我有話要跟您講。

| 맑다 | 形① (天氣) 晴朗 ② (水) 清、乾淨 <br> 反흐리다 <br> 變맑습니다–맑아요–맑았어요–맑은 |

날씨가 맑습니다.
天氣晴朗。

여기는 물이 맑으니까 물고기들도 보이네요.
這裡水很乾淨所以也看得見魚。

| 맛 | 名味道 |

맛이 어때요?
味道怎麼樣？

| 맛없다 | 形不好吃 反맛있다 <br> 變맛없습니다–맛없어요–맛없었어요 <br> –맛없는 |

도시락이 너무 맛없어요.
便當太難吃了。

| 맛있다 | 形好吃 反맛없다 <br> 變맛있습니다–맛있어요–맛있었어요 <br> –맛있는 |

여기는 뭐가 맛있어요?
這裡什麼好吃？

맛있게 드세요.
請美味的吃吧。／祝您用餐愉快。

ㅁ

| 맞다 | 動①對、正確 ②合、合身（尺寸剛剛好）<br>反틀리다<br>變맞습니다－맞아요－맞았어요<br>－맞을 거예요 |

맞아요? 틀려요?
正確？錯誤？/ 對不對？

다음 중 맞는 것을 고르세요.
（題目）請在下面中選擇正確的。

바지가 잘 맞네요.
褲子很合身。

口

| 맞은편 | 名對面 |

맞은편에서 360번 버스를 타세요.
請在對面搭三六○號公車。

| 매년 | 名副每年<br>漢每年 同매해 |

우리 가족은 매년 여름 제주도로 놀러 갑니다.
我們家人每年夏天都會去濟州島玩。

| 매우 | 副非常<br>類아주 많이 |

서울타워에서 본 서울 시내는 매우 아름다웠습니다.
在首爾塔看到的首爾市景非常美麗。

**매월**

名 每月
漢 每月 同 매달

매월 마지막 주에 할머니댁에 갑니다.
每月最後一週我會去奶奶的家。

**매일**

名副 每天、天天
漢 每日

저는 남자 친구하고 매일 만나요.
我和男朋友天天見面。

**매주**

名副 每週
漢 每週

매주 화요일에 한국어를 배우러 학원에 갑니다.
每星期二去補習班學韓文。

**맥주**

名 啤酒
漢 麥酒

우리 퇴근 후에 맥주 한잔할까요?
我們下班後要不要去喝杯啤酒？

**맵다**

形 辣
ㅂ變 맵습니다-매워요-매웠어요
　　 -매운

떡볶이는 매워요.
辣炒年糕很辣。

매운 음식 잘 먹어요?
你很會吃辣的食物嗎？

안 맵게 해 주세요.
請幫我做不辣的。

## 머리   名①頭 ②頭腦 ③頭髮

머리가 아파요.
頭痛。

머리가 좋아요. ←→ 머리가 나빠요.
頭腦好。←→ 頭腦不好。

어제 미장원에 가서 머리를 했어요.
昨天去了美容院弄頭髮。

## 먹다   動吃 類드시다 關마시다
變먹습니다-먹어요-먹었어요
-먹을 거예요

뭐 먹고 싶어요?
你想吃什麼？

저는 보통 집에서 저녁을 먹습니다.
我通常在家裡吃晚餐。

떡국을 먹어요.
喝年糕湯。（韓文的「喝湯」要用「吃湯」這個說法）

## 먼저   副首先、先
反나중

먼저 가세요.
請你先走。

저 먼저 먹을게요.
我要先吃囉。

ㅁ

## 멀다

形遠 反가깝다
ㄹ變멉니다-멀어요-멀었어요-먼

우체국은 여기에서 멉니까?
郵局離這裡遠嗎?

학교는 지하철역에서 멀지 않습니다.
學校離地鐵站不遠。

## 멋있다

形①（外貌）帥氣 ②（外觀）好看、酷
變멋있습니다-멋있어요-멋있었어요
-멋있는

오빠, 너무 멋있어요!
（追星）哥哥, 你好帥喔!

와, 차 새로 샀어요? 아주 멋있네요.
哇, 買了新車啊?很好看耶。

## 메뉴

名菜單
外menu

이 식당의 메뉴는 참 다양하네요.
這家餐廳的菜單真多樣化。

## 메모

名便條、（電話）留言
外memo

메모 좀 부탁드립니다.
麻煩您幫我留言。

## 며칠    名① 幾日 ② 幾天

오늘이 몇 월 며칠이에요?
今天幾月幾號？

한국에는 며칠 동안 있을 거예요?
你要待在韓國幾天？

## 명    名【量詞】名、（幾個）人 漢名 類 분

우리 반은 학생이 모두 열 명입니다.
我們班學生總共有十個人。

## 명동    名【地名】明洞 漢明洞

한국에 갈 때마다 명동에서 화장품과 옷을 많이
삽니다.
每次去韓國都會在明洞買很多化妝品和衣服。

## 명절    名 傳統節日 漢名節

설날과 추석은 한국의 큰 명절입니다.
新年和中秋節是韓國的大節日。

## 몇    冠 幾

지금 몇 시예요?
現在幾點？

서점에서 책 몇 권을 샀습니다.
我在書店買了幾本書。

ㅁ

| 모두 | 副名都、全部、一共 |
| | 類전부,다 |

모두 얼마예요?
一共多少錢？

우리 반 학생들 모두 9월에 한국어능력시험을 볼 거예요.
我們班學生全部在九月要考韓語檢定。

| 모든 | 冠所有的 |

미혜 씨는 성격이 좋아서 모든 사람들이 좋아합니다.
美惠個性好所以所有的人都喜歡她。

| 모레 | 名後天 |
| | 反그저께 |

모레가 제 생일이에요.
後天是我的生日。

| 모르다 | 動①不知道、不懂 ②不認識 反알다 |
| | 르變모릅니다-몰라요-몰랐어요 |
| | -모를 거예요 |

모르겠어요.
我不懂。/ 不清楚。

저도 미혜 씨 전화번호를 몰라요.
我也不知道美惠的電話號碼。

모르는 사람이에요.
是我不認識的人。

ㅁ

| 모습 | 名樣子<br>類모양 |

제 여자 친구는 웃는 모습이 참 예뻐요.
我女朋友笑的樣子真漂亮。

| 모양 | 名樣子、型、款式<br>漢模樣 類모습 |

색깔은 괜찮은데 모양이 마음에 안 들어요.
顏色還可以但是樣式不喜歡。

| 모이다 | 動集合、聚集<br>變모입니다-모여요-모였어요<br>-모일 거예요 |

내일 아침 7시까지 학교 앞으로 모이세요.
明天早上七點以前請在學校前面集合。

| 모임 | 名聚會 |

저녁에 모임이 있어서 늦게 들어올 거예요.
今天晚上有聚會所以會晚點回來。

| 모자 | 名帽子 漢帽子<br>※모자를 쓰다：戴帽子 |

교실에서는 모자를 쓰지 마세요.
請不要在教室戴帽子。

= 교실에서는 모자를 벗으세요.
在教室請脫帽子。

ㅁ

## 모자라다

**動** 不足夠
**變** 모자랍니다 – 모자라요 – 모자랐어요
– 모자랄 거예요

돈이 모자라서 못 사겠네요.
我看錢不夠所以沒辦法買。

## 목

**名** ① 脖子 ② 喉嚨

저는 목이 긴 사람이 부러워요.
我羨慕脖子長的人。

감기 때문에 목이 많이 아픕니다.
因為感冒所以喉嚨非常不舒服。

## 목걸이

**名** 項鍊
※ 목걸이를 하다 : 戴項鍊

생일 선물로 목걸이를 받았어요.
生日禮物收到項鍊。

## 목도리

**名** 圍巾
※ 목도리를 하다 : 圍圍巾

밖이 추우니까 목도리를 하고 나가세요.
外面很冷所以請圍了圍巾再出去。

## 목요일

**名** 星期四
**漢** 木曜日

지난주 목요일은 여동생 생일이었습니다.
上星期四是妹妹的生日。

| **목욕(하다)** | 名動泡澡 漢沐浴~ 類샤워(하다)<br>變목욕합니다-목욕해요-목욕했어요<br>-목욕할 거예요 |

어릴 때는 <u>목욕</u>하는 것을 아주 싫어했어요.
小時候非常討厭泡澡。

| **목욕탕** | 名澡堂 漢沐浴湯<br>關찜질방,사우나 蒸氣房 / 桑拿 |

오늘 엄마하고 같이 <u>목욕탕</u>에 갔습니다.
今天和媽媽去了澡堂。

| **몸** | 名身體 |

담배는 <u>몸</u>에 좋지 않습니다.
香菸對身體不好。

| **못** | 副不、不能、無法（動詞前的否定）<br>類안 |

어제는 너무 아파서 학교에 <u>못</u> 갔어요.
昨天非常不舒服所以沒去學校。

목욕하는 동안 전화가 와서 <u>못</u> 받았어요.
因為泡澡的時候電話來了所以沒接到。

| **못생기다** | 形長得醜 反잘생기다,예쁘다<br>變못생깁니다-못생겨요-못생겼어요<br>-못생긴 |

그 남자 키는 크지만 얼굴이 너무 <u>못생겼어요</u>.
那個男生個子雖然很高但是臉長得很醜。

| | |
|---|---|
| **못하다** | 動（能力）不會 反잘하다<br>變못합니다-못해요-못했어요<br>-못할 거예요 |

저는 운전을 못합니다. = 운전할 줄 몰라요.
我不會開車。

| | |
|---|---|
| **무겁다** | 形重 反가볍다<br>ㅂ變무겁습니다-무거워요<br>-무거웠어요-무거운 |

이거 보기보다 무거워요.
這個比看起來重。

이 가방은 너무 무거워서 혼자 들 수가 없어요.
這包包太重了所以自己提不動。

| | |
|---|---|
| **무섭다** | 形①可怕、害怕 ②兇<br>ㅂ變무섭습니다-무서워요<br>-무서웠어요-무서운 |

공포 영화는 무서워서 싫어요.
恐怖片因為很可怕所以我不喜歡。

우리 선생님은 무섭습니다.
我們老師很兇。

저 아저씨는 너무 무섭게 생겼어요.
那大叔長得非常兇。

ㅁ

| **무슨** | 冠 什麼（後面一定要接名詞）<br>類 무엇,뭐 |

<u>무슨</u> 일이에요?
（接電話時）有什麼事？

<u>무슨</u> 일 있어요?
（擔心對方）發生什麼事？

| **무엇** | 代 什麼<br>類 뭐,무슨 |

이것은 <u>무엇</u>입니까?
這是什麼？

<u>무엇</u>을 사고 싶습니까?
你想買什麼？

| **문** | 名 門<br>漢 門 關 창문 窗戶 |

<u>문</u> 좀 닫아 주시겠어요?
可以幫我關一下門嗎？

| **문장** | 名 文章、句子<br>漢 文章 |

다음 중 틀린 <u>문장</u>을 고르세요.
（題目）請選擇下面中錯誤的句子。

| **문제** | 名 問題、題目<br>漢 問題 |

이 <u>문제</u>는 너무 어려워요.
這題目非常困難。

口

| 문화 | 名文化<br>漢文化 |

한국에 살면서 한국 문화를 많이 배웠습니다.
在韓國邊生活邊學了很多韓國文化。

| 묻다 | 動問 類질문하다<br>ㄷ變묻습니다-물어요-물었어요<br>-물을 거예요 |

나이는 묻지 마세요.
請不要問我的年紀。

저기요, 길 좀 물을게요.
不好意思，問路一下。

| 물 | 名水 反불<br>關찬물,따뜻한 물,뜨거운 물,생수<br>冷水 / 溫水 / 熱水 / 礦泉水 |

운동 후에 찬물 한 잔을 마셨습니다.
運動後喝了一杯冷水。

| 물건 | 名東西<br>漢物件 |

요즘은 인터넷으로도 물건을 살 수 있어요.
最近用網路也可以買東西。

## 물고기

名魚（還活著的魚或觀賞用魚）
類생선

물고기자리
（星座）雙魚座

저는 집에서 물고기 여섯 마리를 키우고 있습니다.
我在家裡養六條魚。

## 물어보다

動問問看
變물어봅니다－물어봐요－물어봤어요
－물어볼 거예요

모르면 저한테 물어보세요.
不知道的話向我問問看。

口

## 뭐

代什麼；「무엇」的口語說法
類무엇,무슨

이거 뭐예요?
這是什麼？

뭐 사고 싶어요?
你想買什麼？

## 미국

名美國
漢美國

작년에 미국에서 6개월 동안 어학연수를 했습니다.
去年在美國遊學了六個月。

## 미리　副提前、預先

다음 달 월급을 미리 받았습니다.
提前拿到下個月薪水了。

## 미술관　名美術館　漢美術館

가끔 혼자 미술관 구경을 갑니다.
偶爾自己去美術館參觀。

## 미안하다
形對不起　漢未安～　類죄송하다
變미안합니다 – 미안해요 – 미안했어요
　　　 – 미안한

어제는 정말 미안했어요.
昨天真的對不起。

늦어서 미안해요.
對不起我遲到了。

## 미역국
名海帶湯
關미역,국 海帶 / 湯

한국 사람들은 생일날 아침에 미역국을 먹습니다.
韓國人生日那天早上喝海帶湯。

ㅁ

| 미용실 | 名美容院<br>漢美容室 同미장원（美粧院）<br>關머리를 하다,머리를 자르다,<br>　　파마하다,염색하다<br>　　弄頭髮 / 剪頭髮 / 燙頭髮 / 染頭髮 |
|---|---|

한 달에 한 번 미용실에 가서 머리를 해요.
我一個月去一次美容院弄頭髮。

미장원에 사람이 많아서 한 시간 동안 기다렸어요.
因為美容院人非常多所以等了一個小時。

| 미터 | 名【量詞】公尺<br>外meter |
|---|---|

ㅁ

앞으로 50미터쯤 가면 편의점이 있어요.
往前走一百公尺左右有便利商店。

| 믿다 | 動①相信 ②信仰<br>變믿습니다－믿어요－믿었어요<br>　　－믿을 거예요 |
|---|---|

저를 믿으세요.
相信我。

저는 기독교를 믿습니다. / 불교를 믿습니다.
我信仰基督教 / 我信仰佛教。

| 밑 | 名底下、下面<br>類아래 反위 |
|---|---|

의자 밑에 고양이가 앉아 있습니다.
椅子底下坐著一隻貓。

ㅂ

| 바꾸다 | 動交換、更換<br>變바꿉니다 – 바꿔요 – 바꿨어요<br> – 바꿀 거예요 |

이거 한국돈으로 바꿔 주세요.
請把這些換成韓幣給我。

미혜 씨 좀 바꿔 주세요.
（電話中）請把電話轉接給美惠。

| 바나나 | 名香蕉<br>外banana |

바나나는 노란색 과일입니다.
香蕉是黃色的水果。

| 바다 | 名海、海邊 |

여름휴가 때 바다로 놀러가려고 합니다.
夏天休假時要去海邊玩。

| 바람 | 名風<br>※바람이 불다：刮風 / 有風 |

오늘은 바람이 많이 불어요.
今天風刮很大。 / 今天風很大。

## 바로    副①就是 ②馬上

저 분이 바로 우리 한국어 선생님이세요.
那位就是我們的韓語老師。

미국에 도착하면 바로 전화 주세요.
到美國請馬上打電話給我。

## 바르다    動擦
르變 바릅니다 - 발라요 - 발랐어요
     - 바를 거예요

다친 곳에 이 약을 바르세요.
請在受傷的地方擦這個藥。

더 예뻐지고 싶어서 화장품을 발라요.
想變更漂亮所以擦化妝品（保養品）。

## 바보    名笨蛋、傻瓜

바보 ! 이것도 몰라?
笨蛋！連這個也不知道？

## 바쁘다    形忙、忙碌
으變 바쁩니다 - 바빠요 - 바빴어요
     - 바쁜

많이 바빠요?
很忙嗎？

요즘 너무 바빠서 밥 먹을 시간도 없어요.
最近很忙所以連吃飯的時間都沒有。

ㅂ

| | |
|---|---|
| **바지** | **名**褲子 **反**치마<br>**關**긴바지,반바지,청바지<br>長褲 / 短褲 / 牛仔褲 |

저는 치마보다 바지를 더 자주 입습니다.
比起裙子我更常穿褲子。

| | |
|---|---|
| **박물관** | **名**博物館<br>**漢**博物館 |

박물관에서는 옛날 물건들을 볼 수 있습니다.
在博物館可以看到以前的東西。

| | |
|---|---|
| **박스** | **名**①箱子 ②【量詞】箱<br>**外**box **類**상자 |

농구공은 저 박스 안에 있어요.
籃球在那個箱子裡面。

신라면 한 박스 주세요.
請給我一箱辛拉麵。

| | |
|---|---|
| **밖** | **名**外面<br>**反**안 |

오늘은 너무 추워서 밖에 나가기 싫어요.
今天非常冷所以不想出去外面。

| | |
|---|---|
| **반** | **名**①一半 ②班、班級<br>**漢**半、班 |

사과 반만 먹을래요.
我只要吃半顆蘋果。

우리 한국어반은 학생이 모두 여덟 명입니다.
我們韓文班學生總共八個人。

ㅂ

## 반갑다

形 高興 類 기쁘다
ㅂ變 반갑습니다 - 반가워요
　　 - 반가웠어요 - 반가운

만나서 반갑습니다. = 만나서 반가워요.
很高興認識你。

## 반지

名 戒指 漢 斑指
※반지를 끼다：戴戒指

왼손에 결혼 반지를 꼈어요.
左手戴了結婚戒指。

## 반찬

名 小菜、菜
漢 飯饌

여기요, 반찬 좀 더 주세요.
這裡……請再給我些小菜。

## 받다

動 ①接收、收到、收下 ②接（電話）
反 주다
變 받습니다 - 받아요 - 받았어요
　　 - 받을 거예요

친구에게서 선물을 받았습니다.
從朋友那收到禮物。

어제 왜 전화를 안 받았어요?
昨天為什麼不接電話？

ㅂ

| 발 | 名腳 反손<br>關발가락,발톱,발마사지<br>腳趾 / 腳趾甲 / 腳底按摩 |

발이 아파요.
腳痛。

우리 발마사지 받으러 갈까요?
我們要不要去做腳底按摩？

| 발음(하다) | 名動發音 漢發音~<br>變발음합니다-발음해요-발음했어요<br>-발음할 거예요 |

한국어 발음은 어렵지 않습니다.
韓語發音不難。

저처럼 발음해 보세요.
請像我一樣發音看看。

| 밝다 | 形亮、明亮 反어둡다<br>變밝습니다-밝아요-밝았어요-밝은 |

제 방은 아주 밝습니다.
我的房間很亮。

미혜 씨는 밝은 색 옷이 잘 어울리는 것 같아요.
美惠好像很適合亮色系的衣服。

| 밤 | 名①夜晚、晚上（大概九點之後的深夜）<br>②栗子 反낮 |

보통 밤 한 시에 잡니다.
通常晚上一點睡覺。

밤이 너무 맛있네요.
栗子非常好吃。

## 밥

名飯
類진지

방금 밥 먹었어요.
剛才吃過飯了。

## 방

名房間 漢房
關부모님방,아이방,큰방,작은방
父母房 / 小孩房 / 大房間 / 小房間

남동생은 방에서 컴퓨터 게임을 하고 있어요.
弟弟正在房間玩電腦遊戲。

## 방금

名副剛才
漢方今

방금 뭐라고 했어요?
你剛才說什麼？

## 방법

名方法
漢方法

무슨 좋은 방법이 없을까요?
沒有什麼好方法嗎？

## 방송국

名電視台
漢放送局

좋아하는 연예인을 보러 방송국에 간 적이 있습니다.
我曾經去過電視台看喜歡的明星。

ㅂ

| 방학(하다) | 名 動 放假（學生的放假）<br>漢 放學～　類 휴가<br>變 방학합니다-방학해요-방학했어요<br>　-방학할 거예요 |

<u>방학</u> 때 컴퓨터를 배우려고 합니다.
放假的時候要學電腦。

언제 <u>방학해요</u>?
什麼時候放假？

| 배 | 名 ①肚子 ②梨 ③船 |

<u>배</u>가 아파요.
肚子痛。

<u>배</u> 먹을래요?
要不要吃梨子？

제주도 가는 <u>배</u>는 몇 시에 출발합니까?
去濟州島的船幾點出發？

| 배고프다 | 形 肚子餓　反 배부르다<br>으變 배고픕니다-배고파요<br>　-배고팠어요-배고픈 |

<u>배고파요</u>. = 배가 고파요.
肚子餓。

<u>배고프면</u> 먼저 먹어요.
肚子餓的話你先吃。

ㅂ

| **배낭** | 名背包 |
| | 漢背囊 |

산에서 먹을 도시락을 배낭에 넣었습니다.
把在山上要吃的便當放進背包裡了。

| **배낭여행** | 名背包旅行、自助旅行 |
| | 漢背囊旅行 |

내년 겨울에 호주로 배낭여행을 가고 싶어요.
明年冬天想去澳洲自助旅行。

| **배부르다** | 形吃飽 反배고프다 |
| | 르變배부릅니다 - 배불러요 |
| | - 배불렀어요 - 배부른 |

배불러요. = 배가 불러요.
吃飽了。

배불러서 더 못 먹겠어요.
吃飽了所以吃不下了。/ 太飽了吃不下。

| **배우** | 名演員 |
| | 漢俳優 類탤런트 |

이영애는 제가 제일 좋아하는 한국 배우입니다.
李英愛是我最喜歡的韓國演員。

ㅂ

| 배우다 | 動學習 反가르치다<br>變배웁니다－배워요－배웠어요<br>－배울 거예요 |

학원에서 한국어를 배웁니다.
在補習班學韓文。

오늘은 학원에서 뭐 배웠어요?
你今天在補習班學習了什麼？

| 백 | 數冠百<br>漢百 |

100원 = 백 원
一百韓元（唸「一百」時，前面不用加「一」，直接唸
「百」就好）

| 백화점 | 名百貨公司<br>漢百貨店 |

백화점에서 옷 두 벌을 샀습니다.
在百貨公司買了兩件衣服。

| 버리다 | 動丟掉、扔<br>變버립니다－버려요－버렸어요<br>－버릴 거예요 |

이건 버리지 마세요.
請不要把這個丟掉。

안 입는 옷은 버려야겠어요.
我看要把不穿的衣服丟掉。

ㅂ

| 버스 | 名巴士、公車 外bus<br>關고속버스,관광버스 客運 / 遊覽車 |

아저씨, 이 버스 명동 가요?
大叔，這巴士去明洞嗎？

| 번 | 名①次 ②號<br>漢番 類번호 |

저는 남자친구와 일주일에 한 번 만나요.
我和男朋友一星期見一次面。

명동에 가려면 몇 번 버스를 타야 해요?
要去明洞的話該搭幾號巴士呢？

| 번째 | 名第~ 漢番~<br>關첫 번째,두 번째,세 번째<br>第一 / 第二 / 第三 |

제 첫 번째 남자친구는 한국 사람이었어요.
我的第一個男朋友是韓國人。

| 번호 | 名號、號碼 漢番號 類번<br>關전화번호,팩스번호<br>電話號碼 / 傳真號碼 |

핸드폰번호가 몇 번이에요?
手機號碼幾號？

| 벌 | 名【量詞】件 |

이 원피스 한 벌에 얼마예요?
這件洋裝一件多少錢？

| 벌다 | 動賺（錢）<br>關월급,보너스(bonus) 薪水／獎金<br>己變법니다－벌어요－벌었어요<br>－벌 거예요 |

저는 한 달에 **200**만원을 <u>벌어요</u>.
我一個月賺二百萬韓元。

올해는 돈을 많이 <u>벌었</u>으면 좋겠어요.
希望今年賺到很多錢。

| 벌써 | 副①已經 ②這麼早<br>類이미 |

<u>벌써</u> **10**시예요. 집에 가야겠어요.
已經十點了。我該回家了。

<u>벌써</u> 집에 가려고요?
這麼早要回家啊？

ㅂ

| 벗다 | 動脫、脫掉 反입다,신다<br>變벗습니다－벗어요－벗었어요<br>－벗을 거예요 |

더우면 외투를 <u>벗으</u>세요.
熱的話請把外套脫掉。

신발 <u>벗고</u> 들어오세요.
請脫鞋再進來。

## 변하다

動 變、改變 漢 變~
變 변합니다-변해요-변했어요
-변할 거예요

남자 친구가 변했어요.
男朋友變了。

하나도 안 변했네요.
一點都沒變。

## 변호사

名 律師
漢 辯護士

우리 옆집 아저씨는 변호사예요.
我們鄰居大叔是律師。

## 별

名 星星

하늘에 별이 많아요.
天上有很多星星。

## 별로

副 不怎麼樣（通常後面接「안」或
「~지 않다」表示「不太~」）
漢 別~

그 영화 별로예요.
那部電影不怎麼樣。

오빠의 여자친구는 별로 안 예쁩니다.
哥哥的女朋友不太漂亮。

ㅂ

## 별명

名別名、綽號
漢別名

별명이 뭐예요?
你的綽號是什麼?

## 병₁

名病 漢病
※병이 나다 = 병에 걸리다 : 生病

친구가 병이 나서 병원에 입원했습니다.
朋友因為生病所以住院了。

## 병₂

名①瓶子 ②【量詞】瓶
漢瓶

소주병은 여기에 버리세요.
請把燒酒瓶丟在這裡。

여기 콜라 두 병 주세요.
請給我兩瓶可樂。

## 병원

名醫院、診所
漢病院

많이 아프면 병원에 가 보세요.
很不舒服的話去醫院看看。

## 보관하다

動保管、保存 漢保管~
變보관합니다-보관해요-보관했어요
-보관할 거예요

이건 냉장고에 보관해야 해요.
這個要用冰箱保存才行。

ㅂ

## 보내다₁

動 寄、送 類 부치다
變 보냅니다-보내요-보냈어요
-보낼 거예요

이거 미국으로 보낼 거예요.
這個要寄到美國。

어제 친구에게 크리스마스 선물을 보냈어요.
昨天寄給朋友聖誕禮物。

## 보내다₂

動 度過 類 지내다
變 보냅니다-보내요-보냈어요
-보낼 거예요

주말 잘 보내세요.
祝你有愉快的週末。

## 보다₁

動 ①看（電影、電視、書等）②見 ③考
類 읽다
變 봅니다-봐요-봤어요-볼 거예요

매일 한국 드라마를 봅니다.
每天看韓劇。

내일 봐요.
明天見。

시험 잘 봤어요?
考試考得好嗎？

ㅂ

## 보다₂　　助比、比起、比較

동생이 형보다 키가 큽니다.
弟弟比哥哥高。

저보다 언니가 공부를 더 잘합니다.
比起我，姊姊更會讀書。

## 보이다

動看見、看到
變보입니다－보여요－보였어요
　－보일 거예요

안 보여요.
看不到。

가족사진 좀 보여 주세요.
請讓我看一下全家福。

## 보통

名①通常、平常、一般 ②普通
漢普通

보통 몇 시에 퇴근하세요?
平常幾點下班？

영어는 잘하지만 한국어는 보통이에요.
雖然我英文很好但是韓語很普通。

## 복습(하다)

名動復習 漢復習~ 反예습(하다)
變복습합니다－복습해요－복습했어요
　－복습할 거예요

예습보다 복습이 더 중요해요.
比起預習復習更加重要。

그날 배운 것은 그날 복습합니다.
我當天學到的東西當天就會復習。

## 복잡하다

形 複雜 漢 複雜~ 反 간단하다
變 복잡합니다-복잡해요-복잡했어요
-복잡한

출퇴근 시간의 지하철역은 너무 복잡합니다.
上下班時間地鐵站很複雜。

마음이 복잡해요.
心裡很複雜。

## 볶음밥

名 炒飯

김치볶음밥은 저한테 너무 매워요.
泡菜炒飯對我來說太辣。

## 볼펜

名 原子筆
外 ball pen

이 볼펜 한 자루에 얼마예요?
這原子筆一枝多少錢？

## 봄

名 春天

봄에는 날씨가 따뜻하고 꽃이 핍니다.
春暖花開。

ㅂ

| **봉지** | 名①袋子（通常指塑膠袋）<br>②【量詞】袋、包<br>漢封紙 關비닐봉지 塑膠袋 |
|---|---|

비닐봉지 필요하세요?
你需要塑膠袋嗎？

이 과자 세 봉지 주세요.
請給我三包這個餅乾。

| **봉투** | 名袋子（信封、紙袋等）漢封套<br>關편지 봉투,쇼핑백<br>信封／在百貨或專櫃可拿到的紙袋 |
|---|---|

그 봉투 안에는 뭐가 있어요?
那袋子裡面有什麼？

| **부럽다** | 形羨慕<br>ㅂ變부럽습니다－부러워요<br>－부러웠어요－부러운 |
|---|---|

요리 잘하는 사람이 너무 부러워요.
非常羨慕很會做菜的人。

저는 부자가 부럽지 않아요.
我不羨慕有錢人。

| **부르다₁** | 形（吃）飽 反고프다<br>르變부릅니다－불러요－불렀어요<br>－부른 |
|---|---|

배가 불러요. ＝ 배불러요.
吃飽了。

## 부르다₂

動 ① 唱 ② 叫
르變 부릅니다 - 불러요 - 불렀어요
－ 부를 거예요

노래를 아주 잘 불러요. = 노래를 아주 잘해요.
歌唱得很好。/ 很會唱歌。

앞으로 Cindy라고 불러 주세요.
以後請叫我Cindy。

## 부모님

名 父母親（「부모」後面加表示尊敬
對方的「님」）
漢 父母～ 類 부모

저는 지금 부모님과 함께 삽니다.
我現在和父母親一起住。

## 부부

名 夫婦、夫妻
漢 夫婦 關 신혼부부 新婚夫婦

우리 부부는 둘 다 이 회사에 다녀요.
我們夫妻兩個都在這家公司上班。

## 부산

名 釜山
漢 釜山

제 남편은 부산 사람입니다.
我丈夫是釜山人。

## 부엌

名 廚房
同 주방（廚房）

어머니께서는 지금 부엌에 계세요.
媽媽現在在廚房。

## 부인

名夫人
漢夫人 類아내

부인께서 아주 미인이시네요.
您太太（夫人）真的是美人。

## 부자

名有錢人
漢富者

부자가 되고 싶어요.
我想成為有錢人。

부자 되세요.
祝你成為有錢人。/ 恭喜發財。

## 부치다

動（郵）寄 類보내다
變부칩니다－부쳐요－부쳤어요
－부칠 거예요

어제 일본 친구에게 줄 선물을 EMS로 부쳤어요.
要給日本朋友的禮物昨天用EMS寄出了。

이메일을 부치다 (×) → 이메일을 보내다 (○)
寄電子郵件

## 부탁(하다)

名動拜託 漢付託~
變부탁합니다－부탁해요－부탁했어요
－부탁할 거예요

앞으로 잘 부탁 드립니다.
以後拜託你了。/ 請多多指教。

미혜 씨에게 부탁해 보세요.
向美惠拜託看看。

ㅂ

## 부터

助 從～、～開始
反 까지

저녁 6시부터 9시까지 아르바이트를 합니다.
晚上六點開始到九點打工。

## 북쪽

名 北邊、北部
漢 北～ 反 남쪽

한국의 북쪽에는 중국과 러시아가 있습니다.
韓國北邊是中國和俄羅斯。

## 분₁

名 位
類 명

몇 분이세요?
幾位？

이 분은 제 한국어 선생님이십니다.
這位是我的韓語老師。

## 분₂

名 分、分鐘
漢 分

1시 20분 (한 시 이십 분)
一點二十分

1시 30분 = 1시 반
一點三十分 = 一點半

1시 55분 = 2시 5분 전
一點五十五分 = 二點差五分。

회사까지 오토바이로 30분 정도 걸려요.
騎機車到公司需要三十分鐘左右。

ㅂ

## 분식집

名 小吃店
漢 粉食~

분식집에서는 김밥,떡볶이,라면 등을 팔아요.
小吃店賣韓式壽司、辣炒年糕、泡麵等等。

## 분홍색

名 粉紅色
漢 粉紅色

분홍색은 보통 여자들이 좋아하는 색깔이에요.
粉紅色是通常女生們喜歡的顏色。

## 불

名 ①火 ②燈
反 물

불이야 !
失火了 !

방이 어두우니까 불 좀 켜세요.
房間很黑請幫我開燈。

## 불고기

名 銅盤烤肉

불고기는 맵지 않아서 외국 사람들도 아주
좋아합니다.
銅盤烤肉不辣所以外國人也非常喜歡。

## 불다

動 吹、刮（風）
己變 붑니다－불어요－불었어요
－불 거예요

바람이 불어서 더 추워요.
因為刮風所以更冷。

오늘은 비가 오고 바람이 많이 불겠습니다.
（氣象報告）今天會下雨還會刮大風。

## 불편하다

形 ①不方便 ②不舒服 漢 不便~
反 편하다,편리하다
變 불편합니다－불편해요－불편했어요
－불편한

여기는 교통이 좀 불편한 것 같아요.
這裡交通好像有一點不方便。

이 신발은 조금 불편해요.
這雙鞋子（穿起來）有點不舒服。

## 비

名 雨
※비가 오다 = 비가 내리다 下雨

비가 많이 옵니다.
下大雨。

저는 비 오는 날이 싫습니다.
我討厭下雨天。

## 비누

名 肥皂

비누로 깨끗하게 씻으세요.
請用肥皂洗乾淨。

ㅂ

## 비디오

名 錄影機、錄影帶
外 video

비디오가게에서 비디오를 빌렸습니다.
在錄影帶店租了錄影帶。

## 비밀

名 秘密
漢 秘密

이거 비밀이에요.
這是秘密。

우리는 서로 비밀이 없어요.
我們之間沒有秘密。

## 비빔밥

名 拌飯
關 돌솥비빔밥 石鍋拌飯

이 집은 돌솥비빔밥이 유명해요.
這家餐廳的石鍋拌飯很有名。

## 비서

名 秘書
漢 秘書

사장님 비서한테 먼저 연락해 보십시오.
請先向社長秘書聯絡看看。

ㅂ

## 비슷하다

形相似 反다르다
變비슷합니다-비슷해요-비슷했어요
-비슷한

엄마와 저는 목소리가 아주 비슷합니다.
媽媽和我的聲音很相似。

우리 둘은 이름이 비슷해서 친구들이 자주 잘못
불러요.
我們兩個的名字很相似所以朋友們常常叫錯。

## 비싸다

形貴 反싸다
變비쌉니다-비싸요-비쌌어요-비싼

너무 비싸요. 좀 싸게 해 주세요.
太貴了。請算我便宜一點。

## 비행기

名飛機
漢飛行機

여행사에 전화해서 비행기표를 예약했어요.
打電話給旅行社預約了機票。

## 빌딩

名大樓、大廈
外building 類건물

서울에는 높은 빌딩이 많이 있습니다.
在首爾有很多高樓大廈。

ㅂ

## 빌리다

動借、租
變빌립니다 – 빌려요 – 빌렸어요
– 빌릴 거예요

도서관에서 책 두 권을 빌렸습니다.
在圖書館借了兩本書。

이것 좀 빌려 주세요.
請借我一下這個。

## 빗

名梳子

빗으로 머리를 빗습니다.
用梳子梳頭髮。

## 빗다

動梳
變빗습니다 – 빗어요 – 빗었어요
– 빗을 거예요

보통 옷을 갈아입은 후 머리를 빗습니다.
通常換衣服後梳頭髮。

## 빠르다

形快 反느리다
르變빠릅니다 – 빨라요 – 빨랐어요
– 빠른

비행기는 기차보다 빠릅니다.
飛機比火車快。

이 시계는 10분이 빨라요.
這支手錶快了十分鐘。

ㅂ

147

## 빨간색

名 紅色
漢 ～色

이름은 <u>빨간색</u>으로 쓰지 마세요.
請不要用紅色寫名字。

## 빨래(하다)

名 動 洗衣服
變 빨래합니다 – 빨래해요 – 빨래했어요
　　– 빨래할 거예요

일요일에는 집에서 <u>빨래</u>를 했습니다.
星期日在家洗了衣服。

## 빨리

副 快、趕快
類 어서 反 천천히

<u>빨리</u> 오세요. 약속에 늦었어요.
請快點來。約會遲到了。

<u>빨리</u> 빨리 !
快點快點！

## 빵

名 麵包

아침에는 보통 <u>빵</u>을 먹습니다.
早上通常吃麵包。

ㅂ

| **사** | 數冠【漢字音數字】四<br>漢四 |

저는 대학교 **4**학년입니다.
我是大學四年級。

| **사과** | 名蘋果<br>漢沙果 |

사과가 아주 맛있어 보이네요.
蘋果看起來非常好吃。

| **사과(하다)** | 名動道歉 漢謝過~<br>變사과합니다–사과해요–사과했어요<br>–사과할 거예요 |

미안해요. 제가 사과할게요.
對不起。我道歉。

제 사과 받아 주세요.
請接受我的道歉。

| 사귀다 | 動交（朋友）、（跟男女朋友）交往<br>反헤어지다<br>變사귑니다-사귀어요-사귀었어요<br>-사귈 거예요 |

한국에 와서 친구를 많이 <u>사귀었습니다</u>.
來韓國交了很多朋友。

남자친구하고는 언제부터 <u>사귀었어요</u>?
你和男朋友是什麼時候開始交往的？

| 사다 | 動買、購買 反팔다<br>變삽니다-사요-샀어요-살 거예요 |

백화점에서 뭐 <u>샀어요</u>?
在百貨公司買了什麼？

오늘 저녁은 제가 <u>살게요</u>.
今天晚餐我請客。

| 사람 | 名人 |

저는 한국 <u>사람</u>입니다.
我是韓國人。

## 사랑(하다)

名愛情 動愛
變사랑합니다-사랑해요-사랑했어요
-사랑할 거예요

사랑해요.
我愛你。

사랑하는 엄마
（寫信時）親愛的媽媽

제 첫사랑은 고등학교 선배였어요.
我的初戀情人是高中學長（學姐）。

## 사무실

名辦公室
漢事務室

사무실이 어디에 있습니까?
你辦公室在哪裡？

## 사업(하다)

名動事業 漢事業~ 類장사(하다)
變사업합니다-사업해요-사업했어요
-사업할 거예요

사업 때문에 한국에 왔습니다.
因為做生意來到韓國。

저희 아버지께서는 사업을 하십니다.
我父親是在做生意的。

## 사용(하다)

名動 使用 漢 使用~ 類 이용(하다)
變 사용합니다-사용해요-사용했어요
　-사용할 거예요

카메라 사용 방법을 모르겠어요.
我不知道相機的使用方法。

이 전화 사용해도 돼요?
這電話可以用嗎？

## 사이

名 之間、中間
類 가운데

빵집은 편의점과 약국 사이에 있습니다.
麵包店在便利商店跟藥局的中間。

## 사인(하다)

名動 簽名 外 sign
變 사인합니다-사인해요-사인했어요
　-사인할 거예요

사인해 주세요.
請幫我簽名。

## 사장님

名 社長、老闆（「사장」後面加表示
　尊敬對方的「님」）
漢 社長~ 類 사장

사장님께서는 지금 출장 중이십니다.
社長現在出差中。

ㅅ

| 사전 | 名字典 漢辭典 |
|------|---------------|
|      | 關한중 사전,전자 사전 |
|      | 韓中字典 / 電子字典 |

모르는 단어는 사전을 찾아 보세요.
不懂的單字請查字典看看。

| 사진 | 名照片 |
|------|--------|
|      | 漢寫真 |

저는 사진 찍는 것을 아주 좋아합니다.
我非常喜歡拍照。

| 사촌 | 名堂兄弟、堂姊妹 |
|------|------------------|
|      | 漢四寸 關외사촌 表兄弟、表姊妹 |

어제 사촌 여동생 결혼식에 갔어요.
昨天去了堂妹的結婚典禮。

사촌 오빠는 저보다 세 살이 많아요.
堂哥比我大三歲。

| 사탕 | 名糖果 |
|------|--------|
|      | 漢沙糖 |

사탕이 너무 달아요.
糖果太甜了。

| 산 | 名山 |
|-----|------|
|     | 漢山 |

우리나라에서 가장 높은 산은 백두산입니다.
在我們國家最高的山是白頭山。

ㅅ

| 산책(하다) | 名 動 散步 漢 散策～ |
| | 變 산책합니다 – 산책해요 – 산책했어요 |
| | – 산책할 거예요 |

가끔 저녁을 먹은 후 집 근처 공원에서 <u>산책</u>을
합니다.
偶而吃完晚餐後會到家附近的公園散步。

| 살 | 名 【量詞】歲 |
| | 關 1살 (한 살) , 2살 (두 살) , |
| | 3살 (세 살)　一歲 / 二歲 / 三歲 |

저는 올해 스무 <u>살</u>입니다.
我今年二十歲。

언니는 저보다 <u>2살</u>이 많습니다.
姐姐比我大二歲。

| 살다 | 動 ①住、過生活 ②活 反 죽다 |
| | ㄹ變 삽니다 – 살아요 – 살았어요 |
| | – 살 거예요 |

저는 서울에서 <u>삽니다</u>.
我住在首爾。

어디에서 <u>살아요</u>? = <u>사는</u> 곳이 어디에요?
你住哪裡？

할아버지, 오래오래 <u>사세요</u>.
爺爺，請一定要長命百歲。

| 삼 | 數 【漢字音數字】三 |
| | 漢 三 |

우리 교실은 <u>3</u>층에 있습니다.
我們教室在三樓。

## 삼계탕

**名** 人參雞湯
**漢** 蔘鷄湯

오늘 저녁 삼계탕 어때요?
今天晚餐吃人參湯怎麼樣？

## 삼촌

**名** 叔叔
**漢** 三寸 **關** 외삼촌 舅舅

우리 삼촌은 야구 선수입니다.
我叔叔是棒球選手。

## 상

**名** 獎
**漢** 賞

작년에 태권도 대회에서 상을 받았습니다.
去年在跆拳道比賽得到獎。

## 상자

**名** ①盒子、箱子 ②【量詞】盒、箱
**漢** 箱子 **類** 박스

상자 안에 카드와 선물을 넣었어요.
把卡片跟禮物放進盒子裡了。

사과 한 상자에 얼마예요?
一箱蘋果多少錢？

## 상품

**名** ①商品 ②獎品

이게 요즘 제일 인기 있는 상품이에요.
這是最近很受歡迎的商品。

노래 대회에서 노트북을 상품으로 받았습니다.
在歌唱比賽，贏得了一台筆電。

入

## 새

**冠** 新（後面一定要接名詞） **名** 鳥

얼마 전에 새 옷 한 벌을 샀습니다.
不久前買了一件新衣服。

새 한 마리가 하늘을 날고 있어요.
有一隻鳥在天空飛。

## 새로

**副** 新、重新

얼마 전에 컴퓨터를 새로 샀습니다.
不久前新買了電腦。

새로 산 구두는 무슨 색깔이에요?
新買的皮鞋是什麼顏色？

## 새벽

**名** 凌晨、清晨

저는 보통 새벽 두 시에 잡니다.
我平常凌晨二點睡覺。

## 새해

**名** 新年

새해 복 많이 받으세요.
新年快樂。

## 색

**名** 顏色、～色
**漢** 色 **類** 색깔

저는 밝은 색보다 어두운 색이 더 잘 어울립니다.
比起亮色系，暗色系更適合我。

ㅅ

| 색깔 | 名顔色 漢色~ 類色<br>關빨간색,노란색,초록색,파란색,흰색,<br>검은색　紅色 / 黃色 / 綠色 / 藍色 /<br>白色 / 黑色 |
|---|---|

다른 <u>색깔</u>은 없어요?
沒有別的顏色嗎？

| 샌드위치 | 名三明治<br>外sandwich |
|---|---|

저는 점심으로 <u>샌드위치</u>를 자주 먹습니다.
我午餐常常吃三明治。

| 생각(하다) | 名動想法、想<br>變생각합니다–생각해요–생각했어요<br>–생각할 거예요 |
|---|---|

무슨 <u>생각</u>을 하세요?
你在想什麼？

시험은 <u>생각</u>보다 안 어려웠어요.
考試沒有想像中的那麼難。

| 생기다 | 動①長得（怎麼樣）②發生、產生<br>變생깁니다–생겨요–생겼어요<br>–생길 거예요 |
|---|---|

제 동생은 아주 귀엽게 <u>생겼어요</u>.
我弟弟（妹妹）長得很可愛。

갑자기 일이 <u>생겨서</u> 약속을 못 지키겠어요.
臨時有事所以不能赴約。

| **생선** | 名（海鮮）魚<br>漢生鮮 類물고기 |

저녁을 만들려고 생선 두 마리를 샀습니다.
為了做晚餐買了兩條魚。

| **생신** | 名生日；「생일」的敬語<br>漢生辰 類생일 |

내일이 어머니 생신입니다.
明天是母親的生日。

| **생일** | 名生日<br>漢生日 類생신 |

생일이 언제예요?
你的生日是什麼時候？

| **생활(하다)** | 名 動生活 漢生活～<br>變생활합니다－생활해요－생활했어요<br>－생활할 거예요 |

유학 생활은 어때요?
留學生活怎麼樣？

한국에서 생활하기가 어때요?
在韓國生活過得怎麼樣？

| **샤워(하다)** | 名 動洗澡 外shower 類목욕(하다)<br>變샤워합니다－샤워해요－샤워했어요<br>－샤워할 거예요 |

운동한 후에 샤워를 했어요.
運動後洗澡了。

入

## 서다

**動**站 **反**앉다
**變**섭니다-서요-섰어요-설 거예요

저기 문 앞에 서 있는 사람이 제 오빠예요.
那邊門前站的人是我哥哥。

## 서로

**副**互相、彼此

서로 인사하세요.
請互相打招呼。

우리는 서로 너무 달라요.
我們彼此非常不同。

## 서른

**數**【純韓文數字】三十

오늘 동창회에는 서른 명 정도 왔습니다.
今天同學會來了三十個左右。

## 서비스

**名**服務
**外**service

이 식당은 서비스가 좋아서 항상 손님이 많아요.
這家餐廳服務很好所以客人總是很多。

## 서울

**名**首爾（Seoul）

인천 공항에서 서울까지 차로 40분 정도 걸립니다.
從仁川機場到首爾搭車需要四十分鐘左右。

入

## 서울역

名首爾車站
漢~驛

명동에 가려면 서울역에서 지하철을 갈아타야 해요.
要去明洞的話必須在首爾站轉乘地鐵才行。

## 서점

名書店
漢書店

서점 안에 커피숍도 있습니다.
書店裡面也有咖啡廳。

## 서쪽

名西邊、西部
漢西~ 反동쪽

저기 서쪽 건물은 우리 회사 기숙사입니다.
那西邊的大樓是我們公司的宿舍。

## 선물(하다)

名禮物 動送禮物 漢膳物~
變선물합니다-선물해요-선물했어요
-선물할 거예요

친구 생일 선물을 사러 백화점에 갑니다.
去百貨公司買朋友的禮物。

이건 친구에게 선물할 거예요.
這是要送給朋友的禮物。

## 선배

名前輩、學長、學姊
漢先輩 反후배

이번 일은 대학 선배가 많이 도와줬어요.
這次的事情大學的前輩幫了很多忙。

ㅅ

| 선생님 | 名老師(「선생」後面加表示尊敬對方的「님」) |
| | 漢先生〜 類선생 反학생 |

우리 선생님은 대만 사람하고 결혼했습니다.
我們老師和台灣人結婚了。

| 선수 | 名選手 |
| | 漢選手 |

박지성은 제가 제일 좋아하는 축구 선수예요.
朴智星是我最喜歡的足球選手。

| 선택(하다) | 名動選擇 漢選擇〜 類고르다 |
| | 變선택합니다-선택해요-선택했어요 |
| | -선택할 거예요 |

선택의 여지가 없어요.
沒有選擇的餘地。

다 좋아 보여서 하나만 선택하기가 어렵네요.
都看起來很好,只選一個好難喔。

| 설날 | 名新年、春節 |

설날은 음력 1월 1일입니다.
新年是農曆一月一日。

설날에는 떡국을 먹습니다.
在新年喝年糕湯。

## 설명(하다)

名動 說明、解釋 漢 說明～
變 설명합니다-설명해요-설명했어요
－설명할 거예요

다시 한 번 설명해 주시겠어요?
可以再說明一次嗎？

먼저 설명서를 잘 읽어 보세요.
請你先仔細的閱讀說明書。

## 설악산

名 雪嶽山
漢 雪嶽山

설악산은 한국 동쪽에 있는 산입니다.
雪嶽山是在韓國東邊的山。

## 설탕

名 糖 漢 雪糖 反 소금
關 백설탕,흑설탕,각설탕
白糖 / 黑糖 / 方糖

저는 커피에 설탕을 안 넣어 마셔요.
我喝咖啡不加糖。

## 섬

名 島

저 섬으로 가는 배는 30분마다 있습니다.
去那座島的船每三十分鐘有（一班）。

| 성격 | 名 個性 漢 性格<br>關 활발하다,차분하다,적극적이다,<br>소극적이다,자상하다<br>活潑 / 文靜 / 積極 / 消極 / 體貼 |
|---|---|

사람마다 얼굴도 다르고 성격도 다릅니다.
每個人長得不一樣，個性也不一樣。

저는 성격이 활발한 편이에요.
我的個性算活潑。

| 성공(하다) | 名 動 成功 漢 成功~ 反 실패(하다)<br>變 성공합니다-성공해요-성공했어요<br>-성공할 거예요 |
|---|---|

제 친구는 사업에 성공해서 돈을 많이 벌었습니다.
我的朋友事業成功所以賺了很多錢。

실패는 성공의 어머니
失敗為成功之母

| 성함 | 名 姓名、大名;「이름」的敬語<br>漢 姓銜 類 이름 |
|---|---|

성함이 어떻게 되세요?
請問尊姓大名？

| 세 | 冠【純韓文數字】三<br>（後方直接接量詞時）<br>類 셋 |
|---|---|

어제 새벽 세 시까지 일을 했습니다.
昨天工作到凌晨三點。

## 세계

名 世界
漢 世界 類 세상

세계에서 가장 높은 빌딩은 뭐예요?
世界上最高的大樓是什麼？

## 세상

名 世界、世上、天下
漢 世上 類 세계

엄마가 세상에서 제일 좋아요.
我世上最喜歡媽媽。／ 媽媽是世上最好的。

## 세수(하다)

名 動 洗臉 漢 洗手～
變 세수합니다－세수해요－세수했어요
－세수할 거예요

세수하기 전에 이를 먼저 닦으세요.
洗臉前請先刷牙。

## 세탁기

名 洗衣機
漢 洗濯機 關 세탁소 洗衣店

이번에 새로 산 세탁기가 또 고장 났어요.
這次新買的洗衣機又故障了。

## 센터

名 中心 外 center
關 쇼핑센터,문화센터,무역센터
購物中心／文化中心／貿易中心

동대문에 있는 쇼핑센터에 가서 옷을 샀어요.
去東大門的購物中心買了衣服。

## 셋

數【純韓文數字】三
類 세

하나 둘 셋!
（拍照讀秒時）一、二、三！

## 셋째

冠 第三

도서관은 매월 셋째 주 월요일에 쉽니다.
圖書館每個月的第三個星期一休息。

## 소

名 牛

작년은 소의 해였습니다.
去年是牛年。

## 소개(하다)

名 動 介紹 漢 紹介~
變 소개합니다-소개해요-소개했어요
　 -소개할 거예요

영어로 자기소개를 해 보세요.
請用英文自我介紹看看。

친구 소개로 남자 친구를 알게 됐어요.
因為朋友的介紹認識了男朋友。

## 소금

名 鹽
反 설탕

요리할 때 소금은 너무 많이 넣지 마세요.
做料理時不要放太多鹽。

## 소리

名聲音
關목소리（人的）聲音

이게 무슨 소리예요?
這是什麼聲音？

제 남자 친구는 목소리가 좋아요.
我男朋友的聲音很好聽。

## 소설

名小說 漢小說
關소설책, 소설가 小說書 / 小說家

서점에서 소설책 한 권을 샀습니다.
在書店買了一本小說。

## 소식

名消息
漢消息

어제 기쁜 소식을 들었어요.
昨天聽到令人高興的消息。

## 소주

名燒酒
漢燒酒

오늘 소주 한잔 어때?
今天喝一杯燒酒怎麼樣？

## 소파

名沙發
外sofa

고양이가 소파 위에 앉아 있어요.
貓坐在沙發上面。

入

| 소포 | 名包裹<br>漢小包 |

친구에게서 <u>소포</u>를 받았어요.
從朋友那收到包裹。

| 소풍 | 名郊遊、遠足<br>漢逍風 |

한국 사람들은 보통 <u>소풍</u>을 가면 김밥을 먹습니다.
韓國人通常去郊遊的話吃韓式壽司。

| 속 | 名①裡面 ②心裡 ③肚子裡<br>類안 關속옷 內衣 |

주머니 <u>속</u>에는 뭐가 있어요?
口袋裡面有什麼？

저 사람은 <u>속</u>마음을 알 수가 없어요.
無法了解那個人的心裡。

어제 술을 너무 많이 마셔서 지금까지 <u>속</u>이 안
좋아요.
昨天喝了太多酒所以到現在肚子不太舒服。

| 손 | 名手 反발<br>關손가락,손톱,손잡이<br>手指 / 手指甲 / 把手 |

며칠 전에 <u>손</u>을 다쳤어요.
幾天前手受傷了。

## 손녀

名 孫女
漢 孫女 反 손자

그 할머니 손녀는 지금 캐나다에서 유학 중입니다.
那位老太太的孫女現在在加拿大留學中。

## 손님

名 客人
反 주인

이 식당은 음식이 싸고 맛있어서 항상 손님이 많아요.
這家餐廳東西便宜也好吃所以客人總是很多。

## 손자

名 孫子
漢 孫子 反 손녀

그 할아버지 손자는 없고 손녀 하나만 있어요.
那位老先生沒有孫子只有一個孫女。

## 송이

名【量詞】朵
關 다발 束

장미 한 송이에 얼마예요?
玫瑰花一朵多少錢？

## 송편

名 松糕（中秋節食品）
漢 松～

송편은 한국 사람들이 추석 때 먹는 떡입니다.
松糕是韓國人在中秋節吃的年糕。

## 쇠고기

名 牛肉
同 소고기

저는 돼지고기보다 쇠고기가 더 좋아요.
比起豬肉我更喜歡牛肉。

ㅅ

## 쇼핑(하다)

名 動 購物、逛街　外 shopping
變 쇼핑합니다 – 쇼핑해요 – 쇼핑했어요
　– 쇼핑할 거예요

보통 주말에는 운동이나 쇼핑을 합니다.
在週末通常做運動或逛街。

우리 주말에 쇼핑하러 가요.
我們週末去逛街吧。

## 수건

名 毛巾　漢 手巾
關 손수건, 목욕 타월 手帕 / 浴巾

수건은 가져갈 필요 없어요.
不需要帶毛巾去。

## 수고(하다)

名 動 辛苦
變 수고합니다 – 수고해요 – 수고했어요
　– 수고할 거예요

수고하셨습니다. = 수고 많으셨어요.
辛苦了。

## 수박

名 西瓜

냉장고에 시원한 수박이 있어요.
冰箱裡有冰涼的西瓜。

入

## 수술(하다)

名手術 動動手術、開刀 漢手術~
變수술합니다-수술해요-수술했어요
-수술할 거예요

어렸을 때 수술을 한 적이 있습니다.
小時候有動過手術。

동생이 내일 수술하는데 너무 걱정돼요.
弟弟（妹妹）明天要動手術，好擔心喔。

## 수업(하다)

名上課、課程 動上課 漢授業~
變수업합니다-수업해요-수업했어요
-수업할 거예요

오늘 수업은 여기까지 하겠습니다.
今天的課程到此為止。

수업할 때는 핸드폰을 꺼 놓으세요.
上課時請關手機。

## 수영(하다)

名動游泳 漢水泳~
關수영장,수영복 游泳池 / 泳衣
變수영합니다-수영해요-수영했어요
-수영할 거예요

저는 6개월 전부터 수영을 배우고 있어요.
我從六個月前開始學游泳。

수영할 줄 알아요?
你會游泳嗎？

## 수요일

名星期三
漢水曜日

수요일마다 한국어 학원에 가요.
每個星期三去韓語補習班。

입

| 수첩 | 名手冊<br>漢手冊 |
|---|---|

수첩에 친구의 전화번호와 집 주소를 적었습니다.
在手冊裡寫下朋友的電話號碼和住址。

| 숙제(하다) | 名功課、作業<br>動做功課、寫作業 漢宿題~<br>變숙제합니다-숙제해요-숙제했어요<br>-숙제할 거예요 |
|---|---|

오늘 숙제는 한국어로 일기 쓰기예요.
今天作業是用韓文寫日記。

보통 일요일에는 집에서 숙제하거나 쉽니다.
通常星期日在家做功課或是休息。

| 숟가락 | 名湯匙<br>反젓가락 |
|---|---|

이거 새 숟가락으로 좀 바꿔 주세요.
請幫我把這個換成新湯匙。

| 술 | 名酒<br>關소주,맥주,막걸리,와인,양주<br>燒酒 / 啤酒 / 小米酒 / 紅酒 / 洋酒 |
|---|---|

저는 술을 마시지 않습니다.
我不喝酒。

저는 술을 못 마셔요.
我不會喝酒。

入

| 술집 | 名酒吧、酒店 |

친구들과 술집에 가면 보통 소주를 시켜요.
和朋友們去酒店的話通常點燒酒。

| 쉬다 | 動休息<br>變쉽니다-쉬어요-쉬었어요<br>-쉴 거예요 |

어제는 집에서 쉬었습니다.
昨天在家裡休息了。

쉬는 날에는 보통 뭐 해요?
休息天（休假）你通常做什麼？

| 쉰 | 數【純韓文數字】五十 |

큰아버지께서는 올해 쉰다섯이십니다.
大伯今年五十五歲。

| 쉽다 | 形容易、簡單 反어렵다<br>ㅂ變쉽습니다-쉬워요-쉬웠어요<br>-쉬운 |

이번 시험은 생각보다 쉬웠어요.
這次考試比想像中簡單。

초등학생도 읽을 수 있는 쉬운 영어책 좀 소개해
주세요.
請幫我介紹一本連小學生都可以閱讀的簡單英文書。

入

## 슈퍼마켓

名超市
外supermarket 簡슈퍼

집 근처 슈퍼마켓은 저녁 8시에 문을 닫아요.
家附近的超市晚上八點關門。

## 스무

冠二十（後方直接接量詞時）
類스물

저는 올해 스무 살이에요.
我今年二十歲。

## 스물

數【純韓文數字】二十
類스무

저는 올해 스물한 살이에요.
我今年二十一歲。

## 스웨터

名毛衣
外sweater

동생은 분홍색 스웨터를 사고 싶어해요.
妹妹想買粉紅色的毛衣。

## 스케이트

名溜冰（冰刀）外skate
關스케이트장 溜冰場 / 冰刀場

롯데월드에서는 스케이트도 탈 수 있어요.
在樂天世界也可以溜冰。

## 스키

名滑雪 外ski
關스키장, 스키복 滑雪場 / 滑雪裝

저는 <u>스키</u> 타는 것을 아주 좋아해요.
我很喜歡滑雪。

매년 겨울에 친구들하고 <u>스키</u>장에 가요.
每年冬天和朋友們去滑雪場。

## 스트레스

名（精神上的）壓力 外stress
※스트레스를 받다 :
　有壓力、受到壓力
　스트레스를 풀다 :
　消除壓力、釋放壓力

요즘 시험 때문에 <u>스트레스</u>를 많이 받습니다.
最近因為考試壓力很大。

보통 운동을 하면서 <u>스트레스</u>를 풀어요.
通常邊運動邊釋放壓力。

## 스포츠

名運動
外sports 類운동

어떤 <u>스포츠</u>를 좋아하세요?
你喜歡什麼樣的運動？

## 슬프다

形悲傷、悲哀 反기쁘다
으變슬픕니다-슬퍼요-슬펐어요
　-슬픈

드라마 내용이 너무 <u>슬퍼</u>요.
連續劇的內容非常悲傷。

<u>슬픈</u> 영화는 보기 싫어요.
我不喜歡看悲劇的電影。

ㅅ

174

| 시 | 名~時、~點 漢時<br>關한 시,두 시,세 시,네 시,다섯 시,<br>여섯 시,일곱 시,여덟 시,아홉 시,<br>열 시,열한 시,열두 시 一點~十二點 |
|---|---|

지금 몇 <u>시</u>입니까?
現在幾點？

내일 오후 3<u>시</u>에 만납시다.
明天下午三點見面吧。

| 시간 | 名①時間 ②小時、鐘頭<br>漢時間 |
|---|---|

내일 <u>시간</u> 있어요?
明天有空嗎？

저는 보통 하루에 7<u>시간</u> 정도 잠을 잡니다.
我平常一天睡七個小時左右。

| 시계 | 名鐘錶 漢時計<br>關손목(手腕)+시계=손목시계(手錶)<br>※「손목」可省略 |
|---|---|

교실 <u>시계</u>는 5분이 느립니다.
教室的時鐘慢五分鐘。

<u>시계</u> 참 예쁘네요. 새로 산 거예요?
你的手錶真漂亮。新買的嗎？

## 시끄럽다

形吵、吵鬧 反조용하다
ㅂ變 시끄럽습니다-시끄러워요
-시끄러웠어요-시끄러운

밖이 너무 시끄러워요.
外面非常吵。

여기는 너무 시끄러우니까 다른 곳으로 갑시다.
這裡太吵了，我們去別的地方吧。

## 시내

名市區
漢市內

외국 친구와 함께 서울 시내 구경을 했습니다.
和外國朋友一起逛了首爾市區。

## 시다

形酸
變 십니다-시어요-시었어요-신

이 귤은 너무 시어요.
這橘子非常酸。

저희 어머니는 신 과일을 좋아하세요.
我母親喜歡酸的水果。

## 시원하다

形涼爽、涼快 反따뜻하다
變 시원합니다-시원해요-시원했어요
-시원한

가을에는 시원한 바람이 붑니다.
秋天吹涼爽的風。

시원한 음료수 한 잔 주세요.
請給我一杯冰涼的飲料。

入

| 시월 | 名十月 漢十月<br>※10월：<br>십월（×）→ 시월（○）十月 |

10월 10일 : 시월 십 일
十月十日

| 시작(하다) | 名動開始 漢始作～ 反끝내다,끝나다<br>變시작합니다-시작해요-시작했어요<br>-시작할 거예요 |

다음 영화는 7시에 시작합니다.
下一場電影七點開始。

| 시작되다 | 動開始 漢始作～ 反끝나다<br>變시작됩니다-시작돼요-시작됐어요<br>-시작될 거예요 |

쉿！조용히 하세요. 영화가 시작됐어요.
噓！請安靜。電影開始了。

| 시장 | 名市場<br>漢市場 |

시장은 백화점보다 물건 값이 쌉니다.
市場的東西比百貨公司便宜。

| 시청 | 名市政府<br>漢市廳 關시장 市長 |

내일 오후에 시청 앞에서 친구를 만나려고 합니다.
明天下午要和朋友在市政府前面見面。

入

## 시키다

**動** 點（菜）、叫外送 **類** 주문하다
**變** 시킵니다-시켜요-시켰어요
　　-시킬 거예요

음식은 제가 이미 시켰어요.
我已經點菜了。

점심에 자장면 시켜 먹을까요?
中午要不要叫外送的炸醬麵來吃？

## 시험

**名** 考試、測驗
**漢** 試驗

다음 주에 시험이 있기 때문에 열심히 공부해야 해요.
下星期有考試所以要努力讀書才行。

시험 잘 보세요.
祝你考試考得好。/ 祝你考試順利。

## 식구

**名** 家人
**漢** 食口 **類** 가족

우리 집은 다섯 식구입니다.
我家有五個人。

## 식당

**名** 飯館、餐廳
**漢** 食堂 **類** 음식점

지금 식당에서 밥 먹고 있어요.
我現在正在餐廳吃飯。

학교 식당은 음식값이 싸지만 맛이 없어요.
學校餐廳雖然便宜但是不好吃。

入

| 식물 | 名植物 漢植物 反동물<br>關식물원,꽃,나무,풀<br>　　植物園 / 花 / 樹 / 草 |
|---|---|

방학 숙제 때문에 식물원에 가야 합니다.
因為放假作業，要去植物園才行。

| 식사(하다) | 名動用餐、吃飯 漢食事~<br>關아침 식사,점심 식사,저녁 식사,<br>　　간식,야식<br>　　早餐 / 午餐 / 晚餐 / 點心 / 宵夜<br>變식사합니다－식사해요－식사했어요<br>　　－식사할 거예요 |
|---|---|

저녁 식사 같이 할래요?
要不要一起吃晚餐？

식사하셨어요?
吃過了沒？

| 식탁 | 名餐桌<br>漢食卓 關탁자 桌子 |
|---|---|

식탁 위에는 내일 아침에 먹을 빵이 있습니다.
餐桌上有明天早上要吃的麵包。

| 신다 | 動穿（鞋子、襪子）反벗다<br>變신습니다－신어요－신었어요<br>　　－신을 거예요 |
|---|---|

오늘은 새로 산 운동화를 신었어요.
今天穿了新買的運動鞋。

이 구두 한번 신어 보세요.
請你試穿這雙皮鞋看看。

入

## 신랑

名新郎
漢新郎 反신부

신랑이 참 잘생겼네요.
新郎長得真帥。

## 신문

名報紙
漢新聞 關신문사 報社

보통 아침 식사를 하면서 신문을 봐요.
通常一邊吃早餐一邊看報紙。

## 신발

名鞋子
關구두,운동화,샌들,슬리퍼
皮鞋 / 運動鞋 / 涼鞋 / 拖鞋
※신발을 신다：穿鞋子

이 신발은 누구 거예요?
這雙鞋子是誰的？

신발을 신어요. ←→ 신발을 벗어요.
穿鞋子。←→ 脫鞋子。

## 신부

名新娘
漢新婦 反신랑

웨딩드레스를 입은 신부의 모습이 너무 아름다워요.
穿著婚紗的新娘非常美麗。

## 신용카드

名信用卡
漢+外信用card

신용카드로 계산할게요. = 카드로 계산할게요.
要用信用卡結帳。/ 我要刷卡。

入

## 신혼부부

**名** 新婚夫妻
**漢** 新婚夫婦

공항에서 <u>신혼부부</u> 한 쌍을 봤는데 아주 행복해
보였어요.
在機場看到一對新婚夫妻，看起來很幸福。

## 신혼여행

**名** 蜜月旅行
**漢** 新婚旅行

<u>신혼여행</u>은 어디로 갈 거예요?
要去哪裡蜜月旅行？

## 실례(하다)

**名** **動** 失陪、失禮、打擾 **漢** 失禮~
**變** 실례합니다-실례해요-실례했어요
　　-실례할 거예요

<u>실례</u>합니다.
（進入他人的辦公室，要邊敲門邊說）打擾了。

<u>실례</u>지만, 나이가 어떻게 되세요?
不好意思，請問你的年紀多大？

## 실수(하다)

**名** **動** 失誤、不小心犯錯
**漢** 失手~ **類** 잘못(하다)
**變** 실수합니다-실수해요-실수했어요
　　-실수할 거예요

저번 공연 때는 <u>실수</u>가 너무 많았어요.
上次表演時失誤太多了。

예전에 한국 문화를 잘 몰라서 <u>실수한</u> 적이 있습니다.
以前不懂韓國文化，所以曾經犯錯過。

入

## 실패(하다)

名 動 失敗 漢 失敗~ 反 성공(하다)
變 실패합니다-실패해요-실패했어요
-실패할 거예요

그 사람은 사업에 실패했습니다.
那個人事業失敗了。

실패해도 괜찮으니까 다시 한 번 해 보세요.
就算失敗也沒關係請再試一次。

## 싫다

形 ①討厭、不喜歡 ②不想、不要 反 좋다
變 싫습니다-싫어요-싫었어요-싫은

저는 고양이가 싫습니다.
我不喜歡貓。

여기에 앉기 싫어요.
不想坐在這裡。

A)이거 먹을래요? B)싫어요.저거 먹을래요.
A)你要不要吃這個？B)不要。我要吃那個。

## 싫어하다

動 不喜歡、討厭 反 좋아하다
變 싫어합니다-싫어해요-싫어했어요
-싫어할 거예요

저는 고양이를 싫어해요.
我不喜歡貓。

저는 운동하는 것을 싫어합니다.
我討厭運動。

入

| 심심하다 | 形（因為閒閒沒事）無聊<br>變 심심합니다-심심해요-심심했어요<br>－심심한 |
|---|---|

보통 심심할 때 뭐 해요?
通常無聊的時候做什麼？

| 십 | 數冠【漢字音數字】十<br>漢十 |
|---|---|

**2010**년 : 이천십 년
2010年

**1,510**원 : 천오백십 원
1510韓元

（唸「一十」時，前面不用加「一」，直接唸「十」就好）

| 싱겁다 | 形（味道）淡 反짜다<br>ㅂ變 싱겁습니다-싱거워요<br>－싱거웠어요-싱거운 |
|---|---|

국이 좀 싱겁네요.
湯有一點淡。

싱거우면 소금을 더 넣으세요.
（味道）淡的話請多放一點鹽。

| 싸다 | 形便宜 反비싸다<br>變쌉니다-싸요-쌌어요-싼 |
|---|---|

여기 가격이 더 싸요.
這裡的價格比較便宜。

평일에 영화를 보면 주말보다 싸게 볼 수 있어요.
平常日看電影可以比週末便宜。

**싸우다**
動吵架、打架
變싸웁니다-싸워요-싸웠어요
-싸울 거예요

어제 친구하고 싸웠습니다.
昨天和朋友吵架了。

**쌍**
名【量詞】雙、對、副
漢雙 類켤레

젓가락 한 쌍
一雙筷子

신혼부부 한 쌍
一對新婚夫妻

이 귀고리 한 쌍에 10,000원이에요
這耳環一副一萬韓元。

**쓰다₁**
動①寫、書寫 ②戴（帽子，眼鏡等）
③用、使用 類적다,사용하다
으變씁니다-써요-썼어요
-쓸 거예요

어제 친구에게 편지를 썼습니다.
昨天寫信給朋友。

저는 지금 모자를 쓰고 있어요.
我現在戴著帽子。

저는 언니하고 방을 같이 씁니다.
我和姊姊共用房間。

入

## 쓰다₂

形 苦
으變 씁니다-써요-썼어요-쓴

약이 너무 써요.
藥非常苦。

## 쓰레기

名 垃圾
類 휴지

쓰레기는 여기에 버리세요.
垃圾請丟在這裡。

## 쓰레기통

名 垃圾桶
漢 ~桶 類 휴지통

여기 쓰레기통은 어디에 있어요?
這裡的垃圾桶在哪裡？

## 씨

名 ~先生、小姐；姓名或名字後方加
上去 漢 氏

미혜 씨, 어디 가세요?
美惠小姐，妳要去哪裡？

김태우 씨 들어오세요.
金泰宇先生請進來。

## 씹다

動 咬、嚼
變 씹습니다-씹어요-씹었어요
-씹을 거예요

교실에서는 껌을 씹지 마세요.
請不要在教室裡嚼口香糖。

185

| | |
|---|---|
| 씻다 | 動 洗（手、水果等）<br>關 빨래하다,세수하다,샤워하다,<br>머리를 감다<br>洗衣服 / 洗臉 / 洗澡 / 洗頭髮<br>變 씻습니다－씻어요－씻었어요<br>－씻을 거예요 |

식사하기 전에 먼저 손을 씻으세요.
用餐前請先洗手。

186

## 아가씨

名 小姐
反 아주머니, 아줌마

아가씨, 여기 담배 팔아요?
小姐，這裡有賣香菸嗎？

## 아기

名 嬰兒

아기가 방에서 자고 있습니다.
嬰兒正在房間睡覺。

## 아까

名 副 剛才

아까 누구하고 만났어요?
剛才和誰見面了？

## 아내

名 妻子、太太、老婆
類 부인 反 남편

제 아내는 요리를 아주 잘합니다.
我太太很會做菜。

| 아니다 | 形不是<br>變아닙니다-아니에요-아니였어요<br>-아닌 |

저는 한국 사람이 아니에요. 대만 사람이에요.
= 저는 한국 사람이 아니라 대만 사람이에요.
我不是韓國人，而是台灣人

| 아니요 | 感（回答時）不<br>反네,예 |

A)학생입니까? B)아니요, 학생이 아닙니다.
A)你是學生嗎？B)不，我不是學生。

| 아들 | 名兒子<br>反딸 |

우리 아들은 지금 대학원에 다녀요.
我兒子現在上研究所。

| 아래 | 名下、下面<br>類밑 反위 |

휴지통은 책상 아래에 있습니다.
垃圾桶在書桌下面。

| 아르바이트 | 名打工 外德文 arbeit<br>※아르바이트를 하다：動打工 |

저는 편의점에서 아르바이트를 합니다.
我在便利商店打工。

## 아름답다

形 美麗、漂亮 類 예쁘다
ㅂ變 아름답습니다 – 아름다워요
– 아름다웠어요 – 아름다운

이곳 경치는 정말 아름답네요.
這個地方風景真美耶。

경치가 아름다운 곳에서 살고 싶어요.
我想住在風景漂亮的地方。

## 아마

副 (推測) 也許、可能、應該

오늘은 아마 못 갈 거예요.
我今天應該沒辦法過去。

아마 그럴거예요.
應該是那樣。

## 아무

代 任何人、誰 冠 任何、什麼

집에 아무도 없어요.
家裡什麼人也沒有。/ 家裡沒有人在。

저는 아무거나 다 잘 먹어요.
我任何東西都會吃。/ 我什麼都吃。

아무 때나 오세요.
請隨時來。/ 隨時都歡迎你來。

## 아버지

名 父親
類 아빠 反 어머니

아버지는 공무원입니다.
我父親是公務員。

## 아빠

名爸爸
類아버지 反엄마

아빠, 용돈 좀 주세요.
爸爸，請給我一點零用錢。

## 아이

名孩子、小孩、小朋友

이 아이는 제 딸입니다.
這小孩是我的女兒。

우리 아이는 밥을 잘 안 먹어서 걱정이에요.
我的孩子不愛吃飯，所以我很擔心。

## 아이스크림

名冰淇淋
外ice cream

그 아이스크림은 무슨 맛이에요?
那冰淇淋是什麼口味？

## 아저씨

名大叔、叔叔
反아주머니,아줌마

아저씨, 어디 가세요?
大叔，您去哪裡？

## 아주

副很、非常
類너무,많이

저는 운동을 아주 잘합니다.
我很會運動。

남자 친구는 저를 아주 많이 사랑해요.
男朋友非常愛我。

| **아주머니** | **名** 太太、大嬸、阿姨；<br>比「아줌마」尊敬對方的說法<br>**類** 아줌마 **反** 아가씨,아저씨 |
|---|---|

아주머니, 명동 가려면 어느 쪽에서 버스를 타야
해요?
大嬸，要去明洞的話該在哪邊搭公車呢？

| **아줌마** | **名** 歐巴桑、大嬸、阿姨<br>**類** 아주머니 **反** 아가씨,아저씨 |
|---|---|

아줌마, 오이 한 개에 얼마예요?
（在市場）大嬸，小黃瓜一條多少錢？

| **아직** | **副** 還、到現在<br>※아직이요.：還沒。 |
|---|---|

언니는 아직도 자고 있습니다.
姐姐還在睡覺。

= 언니는 아직 안 일어났습니다.
姐姐還沒起床。

A)점심 먹었어요? B)아니요, 아직이요.
A)吃午餐了嗎？B)不，還沒。

| **아침** | **名** ① 早上 ② 早餐 |
|---|---|

아침 8시에 출근합니다.
早上八點上班。

오늘은 늦게 일어나서 아침을 못 먹었어요.
今天起來晚了，所以沒吃早餐。

| 아파트 | 名大廈公寓（指十層樓以上的大廈公寓）外apartment |

저는 현대 아파트 A동에 살아요.
我住在現代公寓A棟。

| 아프다 | 形痛、生病、不舒服<br>으變아픕니다－아파요－아팠어요<br>－아픈 |

어디 아파요? = 어디가 아프세요?
你哪裡不舒服？

머리가 아파서 일찍 퇴근했습니다.
因為頭痛所以早下班。

| 아홉 | 數【純韓文數字】九 |

아침 아홉 시부터 열한 시까지 수업이 있어요.
早上九點到十一點有課。

| 아흔 | 數【純韓文數字】九十 |

할아버지께서는 올해 아흔이십니다.
爺爺今年九十歲。

## 안₁

**副**不（動詞、形容詞前的否定）
**類**못

이 옷은 안 비싸요.
這件衣服不貴。

저는 고양이를 안 좋아해요.
我不喜歡貓。

주말에는 운동을 안 합니다.
週末不運動。

## 안₂

**名**內、裡面
**類**속 **反**밖

한국 사람들은 집 안에서 신발을 신지 않습니다.
韓國人在家裡不穿鞋子。

## 안경

**名**眼鏡 **漢**眼鏡 **關**안경점 眼鏡行
※안경을 쓰다：戴眼鏡

저는 어렸을 때부터 눈이 나빠서 안경을 썼어요.
我從小視力不好所以戴眼鏡。

## 안내(하다)

**名動**介紹、指南、引導 **漢**案內
**關**여행 안내서,안내 데스크
　　旅遊書 / 服務台
**變**안내합니다－안내해요－안내했어요
　　－안내할 거예요

안내 데스크에 가서 물어보세요.
請你去服務台問問看。

제가 안내해 드릴게요.
我來幫你介紹。

| **안녕** | 感【半語】①你好 ②再見、拜拜<br>漢安寧 |

안녕? 오랜만이야.
你好？好久不見。

다음에 또 보자,안녕.
下次見，再見。

| **안녕하다** | 形你好 漢安寧～<br>變안녕합니다－안녕해요－안녕했어요<br>－안녕한 |

안녕하세요?
你好？

그동안 안녕하셨어요?= 그동안 잘 지내셨어요?
這陣子過得好嗎？

| **안녕히** | 副平安的<br>漢安寧～ |

안녕히 가세요.= 안녕히 가십시오.
再見！（留著的人要講的話，有「請慢走」之意）

안녕히 계세요.= 안녕히 계십시오.
再見！（離開的人要講的話，有「請留步」之意）

| **안다** | 動抱<br>變안습니다－안아요－안았어요<br>－안을 거예요 |

아기를 안고 사진을 찍었습니다.
抱著嬰兒照相了。

| 앉다 | 動坐 反일어나다<br>變앉습니다 – 앉아요 – 앉았어요<br>– 앉을 거예요 |
|------|----------------------------------------------------------------|

여기 앉으세요.
（對客人或讓位時）請坐這裡。

저쪽에 있는 의자에 앉아서 기다리세요.
請坐在那邊的椅子等一下。

| 않다 | 動形不（取「～지 않다」的句型，否<br>定前方動詞、形容詞）<br>變않습니다 – 않아요 – 않았어요<br>– 않을 거예요 |
|------|----------------------------------------------------------------|

오늘은 학교에 가지 않았습니다.
今天沒去學校。

그 영화는 별로 보고 싶지 않아요.
我不太想看那部電影。

| 알다 | 動①知道 ②認識 反모르다<br>ㄹ變압니다 – 알아요 – 알았어요<br>– 알 거예요 |
|------|----------------------------------------------------------------|

알겠습니다.
我知道了。

저 사람 알아요? = 아는 사람이에요?
你認識那個人嗎？＝是你認識的人嗎？

※알려 주다：
告訴

이메일 주소 좀 알려 주세요.
請告訴我你的E-mail地址。

| 앞 | 名前面 反뒤 |

※앞으로：①往前 ②往後、以後

앞으로 쭉 가세요.
請往前一直走。

우리 앞으로 자주 만나요.
我們以後常常見面吧。

| 애인 | 名情人、男女朋友 |
| | 漢愛人 |

애인 있는 친구들이 부러워요.
我很羨慕有男女朋友的朋友。

| 액세서리 | 名飾品 外accessory |
| | 關반지,귀고리,목걸이,팔찌 |
| | 戒指 / 耳環 / 項鍊 / 手鍊、手環 |

액세서리 가게에서 귀고리와 팔찌를 샀습니다.
在飾品店買了耳環跟手環。

| 야구 | 名棒球 漢野球 |
| | 關야구장,야구 선수,야구 경기 |
| | 棒球場 / 棒球選手 / 棒球比賽 |

야구는 제가 제일 좋아하는 스포츠입니다.
棒球是我最喜歡的運動。

어제는 친구들하고 야구를 4시간 동안 했습니다.
昨天和朋友打了四個小時的棒球。

| 야채 | 名蔬菜、青菜<br>漢野菜 同채소（菜蔬） 反고기<br>關오이,당근,무,배추,<br>　　양배추,감자,고구마<br>　　小黃瓜 / 紅蘿蔔 / 白蘿蔔 / 白菜 /<br>　　高麗菜 / 馬鈴薯 /地瓜 |
|---|---|

고기만 먹지 말고 야채도 좀 먹어요.
不要只吃肉，也吃一些青菜吧。

아침마다 야채 주스를 마십니다.
我每天早上喝蔬菜汁。

| 약 | 名藥 漢藥<br>關두통약,위장약,해열제,진통제<br>　　頭痛藥 / 腸胃藥 / 退燒藥 / 止痛藥 |
|---|---|

머리가 아파서 약을 먹었어요.
我頭痛所以吃了藥。

| 약국 | 名藥局<br>漢藥局 |
|---|---|

약을 사러 약국에 갔습니다.
去了藥局買藥。

| 약속(하다) | 名約定、約會 動約、約好 漢約束~<br>變약속합니다 - 약속해요 - 약속했어요<br>　　- 약속할 거예요 |
|---|---|

미안해요. 오늘은 약속이 있어요.
（拒絕人家的邀請）對不起。我今天有約會。

친구와 내일 같이 영화 보기로 약속했습니다.
和朋友約好明天要一起看電影。

| **약혼(하다)** | 名動訂婚 漢約婚~<br>關약혼식,약혼자,약혼녀<br>　　訂婚典禮 / 未婚夫 / 未婚妻<br>變약혼합니다－약혼해요－약혼했어요<br>　－약혼할 거예요 |

제 약혼식 때 꼭 오세요.
我訂婚典禮時，一定要來喔。

남자 친구하고 사귄 지 6개월 만에 약혼했어요.
和男朋友只交往六個月就訂婚了。

| **얇다** | 形薄 反두껍다<br>變얇습니다－얇아요－얇았어요－얇은 |

이 노트북은 아주 얇고 가볍습니다.
這台筆電非常薄和輕。

더 얇은 노트는 없어요?
沒有更薄的筆記本嗎？

| **양** | 名羊<br>漢羊 |

저는 양띠입니다.
我屬羊。

| **양력** | 名國曆<br>漢陽曆 反음력 |

A)제 생일은 1월 11일이에요.
B)양력 생일이에요? 음력 생일이에요?
A)我的生日是一月十一日。
B)是國曆生日？還是農曆生日？

## 양말

名 襪子
漢 洋襪

양말을 신어요. ←→ 양말을 벗어요.
穿襪子。←→ 脫襪子。

흰색 양말 두 컬레 주세요.
（買東西）我要兩雙白色襪子。

## 양복

名 西裝
漢 洋服

친구 결혼식에 가려고 양복을 입었습니다.
為了要去朋友的結婚典禮穿了西裝。

## 얘기(하다)

名 動 聊天 類 이야기(하다)
變 얘기합니다－얘기해요－얘기했어요
　　－얘기할 거예요

아까 미혜 씨하고 무슨 얘기를 했어요?
剛才和美惠聊了什麼?

이 일은 아무한테도 얘기하면 안 돼요.
這件事不能和任何人講喔。

## 어깨

名 肩膀

어깨가 넓어요. ←→ 어깨가 좁아요.
肩膀寬。←→ 肩膀窄。

## 어느

冠 哪

어느 나라 사람이에요?
你是哪國人?

## 어둡다

形 黑暗　反 밝다
ㅂ變 어둡습니다－어두워요
　　　－어두웠어요－어두운

방이 너무 어둡네요.
房間太暗了。

어두우면 불을 켜세요.
暗的話請開燈。

## 어디

代 哪裡

어디에 가요?
你去哪裡？

## 어떤

冠 ①什麼樣的 ②有的、有些

어떤 남자가 좋아요?
你喜歡什麼樣的男生？

어떤 사람들은 비행기 타는 것을 싫어합니다.
有的人不喜歡搭飛機。

## 어떻다

形 怎麼樣　※어떻게：怎麼
ㅎ變 어떻습니다－어때요－어땠어요
　　　－어떤

A)우리 몇 시에 만날까요? B)오후 2시 어때요?
A)我們要幾點見面呢？B)下午兩點怎麼樣？

어제 본 영화 어땠어요?
昨天看的電影怎麼樣？

어제 공항까지 어떻게 갔어요?
昨天怎麼去機場的？

200

| 어렵다 | 形難、困難 反쉽다<br>ㅂ變어렵습니다-어려워요<br>-어려웠어요-어려운 |
| --- | --- |

이 책은 저한테 너무 어려워요.
這本書對我來說非常困難。

한국 신문은 단어가 너무 어려워서 못 읽어요.
韓國報紙單字非常難所以我無法閱讀。

| 어른 | 名成人、大人<br>反어린이 |
| --- | --- |

어른 2장 주세요.
請給我兩張成人（票）。

| 어리다 | 形年幼、年紀小 類젊다<br>變어립니다-어려요-어렸어요-어린 |
| --- | --- |

남동생은 저보다 2살이 어려요.
弟弟比我小兩歲。

저는 어릴 때 할머니하고 같이 살았어요.
我小時候和奶奶一起住。

| 어린이 | 名兒童、小孩、小朋友 反어른<br>關어린이날 兒童節（5月5日） |
| --- | --- |

10살이 안 된 어린이들은 돈을 안 내도 됩니다.
不到十歲的小朋友可以不用付錢。

| 어머니 | 名母親<br>類엄마 反아버지 |
| --- | --- |

어머니는 가정주부입니다.
我母親是家庭主婦。

ㅇ

## 어서

**副** 快、趕快
**類** 빨리

어서 오세요. = 어서 오십시오.
歡迎光臨。

어서 말해 봐요.
你快點說說看。

## 어울리다

**動** 適合、相配
**變** 어울립니다-어울려요-어울렸어요
-어울릴 거예요

두 사람 참 잘 어울려요.
兩個人真相配。

원피스가 참 잘 어울리네요.
你很適合（穿）洋裝耶。

## 어제

**名副** 昨天
**反** 내일

어제 은행에 갔습니다.
昨天去了銀行。

## 어젯밤

**名** 昨夜、昨晚

어젯밤에 무슨 꿈을 꿨어요?
昨天晚上作了什麼夢？

## 어학연수

**名** 遊學
**漢** 語學研修

한국으로 어학연수를 가고 싶어요.
我想去韓國遊學。

## 언니

名 姐姐（女生叫的）
類 누나

언니가 어제 약혼했습니다.
姐姐昨天訂婚了。

## 언제

代 副 ①什麼時候 ②將來有一天

남자 친구하고 언제 결혼할 거예요?
妳什麼時候要跟男朋友結婚？

언제 우리 집에 한번 놀러 오세요.
請你有一天來我們家玩。

## 언제나

副 總是
類 항상

저는 언제나 같은 시간에 버스를 탑니다.
我總是在一樣的時間搭公車。

## 얼굴

名 臉
關 눈,코,입,귀 眼睛 / 鼻子 / 嘴巴 / 耳朵

제 남동생은 얼굴이 아주 잘생겼어요.
我弟弟臉長得很帥。

## 얼마

名 多少

사과 한 개에 얼마예요?
蘋果一顆多少錢？

ㅇ

## 얼마나

副 ①多久 ②多麼

서울에서 부산까지 고속철도로 <u>얼마나</u> 걸립니까?
從首爾到釜山搭高鐵要多久？

<u>얼마나</u> 자주 운동을 하세요?
你多常運動？

## 엄마

名 媽媽
類 어머니 反 아빠

<u>엄마</u>, 저 배고파요.
媽媽，我肚子餓。

## 없다

形 ①沒有 ②不在 反 있다
變 없습니다- 없어요- 없었어요- 없는

저는 남자 친구가 <u>없습니다</u>.
我沒有男朋友。

오빠는 지금 집에 <u>없어요</u>.
哥哥現在不在家。

## 에

助 ①目的地助詞 ②時間助詞

어디<u>에</u> 갑니까?
你去哪裡？

오후<u>에</u> 친구를 만납니다.
下午和朋友見面。

(언제＋에→언제) 언제 학교<u>에</u> 갑니까?
你什麼時候去學校？

## 에게

助①給 ②對～而言
類한데,께

어제 친구에게 생일 선물을 주었습니다.
昨天送給朋友生日禮物。

한국어는 저에게 너무 어렵습니다.
韓文對我來說非常難。

## 에게서

助從～（「人」＋에게서）
類한데서

어제 친구에게서 편지를 받았습니다.
昨天從朋友那收到了信。

## 에서

助①在 ②從～（「機關、地點」＋에서）
反까지

도서관에서 공부를 합니다.
在圖書館唸書。

집에서 학교까지 버스로 30분쯤 걸려요.
從家到學校搭公車需要三十分鐘左右。

## 에어컨

名冷氣、空調
外air conditioner

에어컨 켜 드릴까요?
要不要幫你開冷氣？

## 엘리베이터

名電梯
外elevator 反계단

엘리베이터가 고장 나서 계단으로 올라왔어요.
因為電梯故障所以走樓梯上來。

## 여권

名 護照
漢 旅券

이것은 제 여권입니다.
這是我的護照。

## 여기

代 這裡、這邊
反 저기

여기가 바로 제 방이에요.
這裡就是我的房間。

여기에서 뭐 하고 있어요?
你在這裡做什麼？

여기요~
這裡……（在餐廳要叫服務生過來時常用的說法）

## 여덟

數【純韓文數字】八

내일 아침 여덟 시까지 공항에 가야 해요.
明天早上八點以前要到機場才行。

## 여동생

名 妹妹
漢 女~

저는 남동생 하나 여동생 둘이 있어요.
我有一個弟弟兩個妹妹。

## 여든

數【純韓文數字】八十

외할머니께서는 올해 여든이십니다.
外婆今年八十歲。

## 여러 冠 好幾（個、位等）

오늘 파티에는 모르는 사람도 여러 명 있었습니다.
今天派對上也有好幾個不認識的人。

## 여러분 代 各位、大家

여러분, 안녕하세요?
各位，大家好？

## 여름 名 夏天

여름은 덥고 비가 자주 와요.
夏天很熱而且常下雨。

## 여보세요 感 （電話上）喂

여보세요? 거기 미혜 씨 집이죠?
喂？那裡是美惠家，沒錯吧？

## 여섯 數 【純韓文數字】六

저는 한 달에 책을 여섯 권 정도 읽습니다.
我一個月大約看六本書。

## 여우 名 狐狸

제 별명은 여우예요.
我的綽號是狐狸。

| **여자** | 名女生、女人<br>漢女子 類여성（女性）反남자 |
|---|---|

여자 옷은 몇 층에서 팔아요?
女生的衣服在幾樓賣？

| **여학생** | 名女學生、女同學<br>漢女學生 反남학생 |
|---|---|

우리 반은 여학생이 일곱 명 있습니다.
我們班有七個女學生。

| **여행(하다)** | 名動旅行 漢旅行～<br>關배낭여행,신혼여행<br>　自助旅行 / 蜜月旅行<br>變여행합니다-여행해요-여행했어요<br>　-여행할 거예요 |
|---|---|

저는 여행을 좋아해요.
= 저는 여행하는 것을 좋아해요.
我喜歡旅行。

다음 달에 호주로 여행을 가려고 합니다.
下個月要去澳洲旅行。

| **여행사** | 名旅行社 |
|---|---|

비행기표를 사러 여행사에 갑니다.
去旅行社買機票。

| 역 | 名站 漢驛<br>關기차역,지하철역,버스 정류장<br>火車站 / 捷運站 / 公車站 |
|---|---|

우리 집은 지하철역에서 가까워요.
我家離捷運站近。

| 역사 | 名歷史<br>漢歷史 |
|---|---|

저는 한국 역사에 관심이 많습니다.
我對韓國歷史很有興趣。

| 연기(하다) | 名演技 動演戲 漢演技~<br>變연기합니다-연기해요-연기했어요<br>-연기할 거예요 |
|---|---|

이 배우는 연기를 아주 잘합니다.
這位演員演技非常好。

그 남자 배우 연기할 때 너무 멋있어요.
那個男演員演戲的時候非常帥。

| 연락(하다) | 名動聯絡 漢連絡~<br>變연락합니다-연락해요-연락했어요<br>-연락할 거예요 |
|---|---|

대만에 오시면 연락 주세요.
如果來台灣，請跟我聯絡。

제가 내일 연락할게요.
我明天會聯絡你。

| **연락처** | 名聯絡方式（電話、地址等）<br>漢連絡處 |

여기에 연락처 좀 적어 주세요.
請在這裡寫一下你的聯絡方式。

| **연세** | 名年紀；「나이」的敬語<br>漢年歲 類나이 |

할머니, 연세가 어떻게 되세요?
奶奶，您貴庚？

| **연습(하다)** | 名動練習 漢練習~<br>變연습합니다-연습해요-연습했어요<br>-연습할 거예요 |

오늘은 피아노 연습을 한 시간 동안 했어요.
今天鋼琴練習了一小時。

주말마다 한국 친구를 만나서 한국말을 연습합니다.
每個週末跟韓國朋友見面練習韓語。

| **연예인** | 名藝人 漢演藝人<br>關가수,배우,탤런트,MC<br>歌手 / 演員 / 電視劇演員 / 主持人 |

좋아하는 한국 연예인이 있어요?
你有喜歡的韓國藝人嗎？

| **연필** | 名鉛筆<br>漢鉛筆 |

연필은 다섯 자루에 2,000원입니다.
鉛筆五枝二千韓元。

## 열 　 數【純韓文數字】十

우리 큰 아들은 올해 열 살이에요.
我的大兒子今年十歲。

## 열다 　 動開（門、窗戶）反닫다
르變엽니다-열어요-열었어요
-열 거예요

창문 좀 열어 주시겠어요?
麻煩你幫我開窗戶，好嗎？

## 열쇠 　 名鑰匙

열쇠로 문을 열었습니다.
用鑰匙開門。

집 열쇠를 잊어버리고 안 가지고 나왔어요.
家裡鑰匙忘了帶來。

## 열심히 　 副用心、認真、努力
漢熱心～

학생들이 열심히 공부하고 있어요.
學生們正在用功學習。

열심히 일하는 모습이 보기 좋네요.
認真工作的樣子看起來很帥（漂亮）。

## 엽서 　 名明信片
漢葉書

외국에 사는 친구에게 엽서를 보냈습니다.
寄了明信片給住國外的朋友。

ㅇ

## 영국
名 英國
漢 英國

어렸을 때 영국에서 살았어요.
我小時候住在英國。

## 영수증
名 收據、發票
漢 領收證

물건을 산 후 영수증을 받았습니다.
買東西之後拿了發票。

## 영어
名 英語
漢 英語

저는 일주일에 두 번 영어를 배웁니다.
我一星期學兩次的英文。

영어를 더 잘했으면 좋겠어요.
希望我英文講得更好。

## 영원히
副 永遠
漢 永遠～

영원히 기억할게요.
我永遠會記得。

| **영화** | 名電影 漢映畫<br>關 액션 영화（action～）動作片，<br>멜로 영화 = 로맨틱 영화<br>（romantic～）愛情片，<br>코미디 영화（comedy～）喜劇，<br>공포영화（恐怖～）恐怖片，<br>SF영화（science fiction～）科幻片 |
|---|---|

토요일마다 극장에서 영화를 봅니다.
每個星期六去電影院看電影。

제 취미는 영화 보기예요.
我的興趣是看電影。

| **영화관** | 名電影院<br>漢映畫館 類극장 |
|---|---|

내일 오후 두 시에 영화관 앞에서 만납시다.
明天下午兩點在電影院前面見面吧。

| **옆** | 名旁邊 |
|---|---|

책상 옆에는 침대가 있습니다.
書桌旁邊有床。

| **예** | 感（回答時）是<br>類네 反아니요 |
|---|---|

A)한국 사람이에요? B)예, 한국 사람이에요.
A)你是韓國人嗎？ B)是，我是韓國人。

**예매(하다)**

名 動 預購、訂
（電影票、演唱會票、機票等）
漢 豫買～ 類 예약(하다)
變 예매합니다 – 예매해요 – 예매했어요
– 예매할 거예요

기차표를 벌써 예매했어요?
火車票已經預購了？

요즘은 인터넷으로도 영화표 예매를 할 수 있습니다.
最近用網路也可以預購電影票。

**예쁘다**

形 漂亮
類 아름답다,잘생기다 反 못생기다
으變 예쁩니다 – 예뻐요 – 예뻤어요
– 예쁜

너무 예뻐요.
太漂亮了。

제 여자 친구는 아주 예쁘게 생겼어요.
我女朋友長得非常漂亮。

**예순**

數【純韓文數字】六十

시어머니께서는 올해 예순다섯이십니다.
我婆婆今年六十五歲。

| 예습(하다) | 名動 預習 漢 豫習~ 反 복습(하다)<br>變 예습합니다 - 예습해요 - 예습했어요<br>- 예습할 거예요 |
| --- | --- |

저는 수업 전에 꼭 예습을 합니다.
我上課前一定要預習。

예습하면 수업 내용을 더 잘 이해할 수 있어요.
預習的話可以更能理解上課內容。

| 예약(하다) | 名動 預約、訂<br>　　　（餐廳、飯店、機票等）<br>漢 豫約~ 類 예매(하다)<br>變 예약합니다 - 예약해요 - 예약했어요<br>- 예약할 거예요 |
| --- | --- |

일주일 전에 비행기표와 호텔을 예약했습니다.
一星期前訂了機票跟飯店。

그 식당은 한 달 전에 미리 예약을 해야 해요.
那家餐廳必須要一個月前提早預約。

| 예전 | 名 從前、之前、以前 |
| --- | --- |

예전에 태권도를 배운 적이 있습니다.
以前學過跆拳道。

| 옛날 | 名 很久以前 |
| --- | --- |

옛날에는 여기에 넓은 공원이 있었습니다.
很久以前這裡有大公園。

ㅇ

| 오 | 數冠【漢字音數字】五<br>漢五 |

언니는 **5**월에 결혼합니다.
姐姐五月結婚。

| 오늘 | 名副今天<br>關그저께,어제,내일,모레<br>前天 / 昨天 / 明天 / 後天 |

오늘은 월요일입니다.
今天是星期一。

오늘 저녁에 우리 집으로 오세요.
今天晚上請來我家。

| 오다 | 動來 反가다<br>變옵니다-와요-왔어요-올 거예요 |

저는 대만에서 왔어요.
我是從台灣來的。

내일 친구들이 우리 집에 놀러 올 거예요.
明天朋友們要來我家玩。

| 오래 | 副很久 |

오래 걸릴까요?
要很久嗎？

216

## 오래간만 名好久、隔很長時間 簡오랜만

<u>오래간만</u>이에요.
好久不見。

어제 <u>오래간만</u>에 친구를 만났어요.
昨天跟好久沒見的朋友見面了。

## 오랜만 名好久、隔很長時間 同오래간만

<u>오랜만</u>이에요.
好久不見。

어제 <u>오랜만</u>에 자장면을 먹었어요.
昨天吃了好久沒吃的炸醬麵。

## 오렌지 名柳橙 外orange

<u>오렌지</u> 주스 한 잔 마실래요?
要不要喝一杯柳橙汁？

## 오르다 動①上去 ②上漲 反내리다
르變오릅니다 - 올라요 - 올랐어요
- 오를 거예요

산을 <u>오릅니다</u>. = 등산합니다.
爬山。/ 登山。

버스 요금이 많이 <u>올랐어요</u>.
公車費上漲很多。

## 오른쪽

名右邊
反왼쪽 關오른손 右手

오른쪽으로 가세요.
請往右邊走。

## 오리

名鴨子

어제 오리 고기를 먹으러 갔는데 정말 맛있었어요.
昨天去吃了鴨肉，真的很好吃。

## 오빠

名哥哥（女生叫的）
類형

우리 가족은 부모님, 오빠, 저 해서 모두 네 명입니다.
我家人有父母親、哥哥和我總共四個人。

## 오이

名小黃瓜

냉장고에서 오이 두 개를 꺼내세요.
請從冰箱拿出兩條小黃瓜。

## 오전

名上午
漢午前 反오후

수업은 오전 10시부터 시작합니다.
課程從上午十點開始。

오늘은 오전에만 수업이 있어요.
今天只有上午有課。

## 오토바이

名摩托車、機車
外auto bicycle

대만에서는 많은 사람들이 오토바이를 탑니다.
在台灣很多人騎機車。

## 오후

名午後
漢午後 反오전

어제 오후에 뭐 했어요?
昨天下午做了什麼?

오후에는 아르바이트를 하러 가야 해요.
下午要去打工。

## 올라가다

動上去 反내려가다
變올라갑니다-올라가요-올라갔어요
　　-올라갈 거예요

계단으로 올라가세요.
請走樓梯上去。

## 올라오다

動上來 反내려오다
變올라옵니다-올라와요-올라왔어요
　　-올라올 거예요

어서 올라오세요.
請趕快上來。

## 올해

名今年
類금년

올해에도 가족들이 모두 건강했으면 좋겠어요.
希望今年也是全家健康。

| **옷** | 名衣服<br>關치마, 바지, 티셔츠, 스웨터, 외투, 코트<br>裙子 / 褲子 / T恤 / 毛衣 / 外套 /<br>冬天大外套 |

<u>옷</u>을 입어요. ⟷ <u>옷</u>을 벗어요.
穿衣服。 ⟷ 脫衣服。

어제 백화점에서 <u>옷</u>을 샀습니다.
昨天在百貨公司買了衣服。

| **와** | 助和、跟（前面名詞最後一個字沒收<br>尾音時）類과 |

슈퍼에서 야채<u>와</u> 과일을 샀습니다.
在超市買了青菜和水果。

| **왜** | 副為什麼 |

한국어를 <u>왜</u> 배워요?
你為什麼學韓文？

<u>왜</u> 그래요?
為什麼那樣？ / 怎麼了？

| **왜냐하면** | 副因為（通常後方會接<br>「～기 때문이다」句型） |

오늘 기분이 안 좋았어요. <u>왜냐하면</u> 돈을 잃어버렸기 때문이에요.
今天心情不好。是因為弄丟了錢。

## 외국

名外國、國外
漢外國

저는 외국에 가 본 적이 없습니다.
我沒有去過外國。

## 외국어

名外語 漢外國語
關영어,중국어,일본어 = 일어
英文 / 中文 / 日文

저는 외국어 중에서 영어를 가장 잘합니다.
外語中我最擅長英文。

## 외국인

名外國人
漢外國人 同외국 사람

한국어를 배우는 외국인이 많아졌어요.
學習韓文的外國人變多了。

## 외우다

動背
變외웁니다 - 외워요 - 외웠어요
　 - 외울 거예요

어제 영어 단어 100개를 외웠어요.
昨天背了一百個英文單字。

## 외출(하다)

名動外出 漢外出~
變외출합니다 - 외출해요 - 외출했어요
　 - 외출할 거예요

사장님께서는 외출 중이십니다.
社長外出中。

외출할 때 우산을 꼭 가지고 나가세요.
外出時請一定要帶雨傘。

ㅇ

| 외투 | 名 外套<br>漢 外套 |

밖이 많이 추우니까 외투를 입으세요.
外面非常冷所以請穿外套。

| 왼쪽 | 名 左邊<br>反 오른쪽 關 왼손 左手 |

왼쪽으로 가십시오.
請往左邊走。

| 요금 | 名 花費、費用<br>漢 料金 |

지하철 요금이 올랐습니다.
捷運費上漲了。

저번 달 전화 요금이 얼마였어요?
上個月的電話費多少?

| 요리(하다) | 名 動 料理、做菜、烹飪 漢 料理~<br>關 요리책,요리 학원,한국 요리<br>食譜 / 烹飪補習班 / 韓國料理<br>變 요리합니다-요리해요-요리했어요<br>-요리할 거예요 |

중국 요리도 할 수 있어요?
中國菜也會做啊?

주말에는 거의 남편이 요리를 합니다.
週末幾乎都是我先生做菜。

## 요리사
名廚師
漢料理師

제 직업은 요리사입니다.
我的職業是廚師。

## 요일
名星期 漢曜日
關월요일,화요일,수요일,목요일,
금요일,토요일,일요일
星期一～星期天

오늘이 무슨 요일이에요?
今天星期幾?

## 요즘
名最近、近來;「요즈음」的簡稱
同요즈음

요즘 회사 일 때문에 많이 바쁩니다.
最近因為公司的事情非常忙碌。

## 우롱차
名烏龍茶
漢烏龍茶

우롱차 한 잔 드시겠어요?
要不要喝一杯烏龍茶?

## 우리
代①我們 ②我
類저희

우리 뭐 먹을까요?
我們要吃什麼呢?

우리 언니는 의사예요.
我姐姐是醫生。

ㅇ

## 우산

名 雨傘 漢 雨傘 關 양산 陽傘
※ 우산을 쓰다：撐雨傘

밖에 비가 오니까 우산을 가지고 가세요.
因為外面在下雨請帶傘出去。

우리 우산 같이 써요.
我們一起撐雨傘吧。

## 우연히

副 偶然
漢 偶然~

서점에서 우연히 예전 남자 친구를 만났어요.
在書店偶然遇到了前男友。

## 우유

名 牛奶
漢 牛乳

우유 하나 주세요.
請給我一個牛奶。

## 우체국

名 郵局 漢 郵遞局
關 편지, 카드, 엽서, 소포
　　 信 / 卡片 / 明信片 / 包裹

편지를 부치러 우체국에 갔습니다.
我去了郵局寄信。

## 우표

名 郵票
漢 郵票

우표 열 장 주세요.
請給我十張郵票。

## 운동(하다)

名 動 運動 漢 運動~ 類 스포츠
關 운동선수, 운동복 運動選手 / 運動服
變 운동합니다 - 운동해요 - 운동했어요
　 - 운동할 거예요

저는 운동을 좋아해요.
我喜歡運動。

식사 후 바로 운동하지 마세요.
用餐後不要馬上運動。

## 운동장

名 運動場
漢 運動場

우리 학교 운동장은 아주 넓어요.
我們學校運動場很寬闊。

## 운동화

名 運動鞋
漢 運動靴

내일은 꼭 운동화를 신고 오세요.
明天一定要穿運動鞋來喔。

## 운전(하다)

名 動 開車 關 운전면허증 駕照
變 운전합니다 - 운전해요 - 운전했어요
　 - 운전할 거예요

운전할 수 있어요?
你會開車嗎?

술을 마신 후에는 운전을 하면 안 됩니다.
喝酒後不可以開車。

**운전기사**

名 司機
漢 運轉技士　類 운전사,기사

옆집 아저씨는 예전에 택시 운전기사였습니다.
鄰居大叔以前是計程車司機。

**울다**

動 哭　反 웃다
ㄹ變 웁니다－울어요－울었어요
　　　－울 거예요

왜 울어요?
你為什麼哭?

울지 마세요.
不要哭。

**웃기다**

動 好笑、可笑、搞笑
變 웃깁니다－웃겨요－웃겼어요
　　　－웃길 거예요

이 TV 프로그램은 너무 웃겨요.
這電視節目非常好笑。

**웃다**

動 笑　反 울다
變 웃습니다－웃어요－웃었어요
　　　－웃을 거예요

왜 웃어요?
你笑什麼?

**원**

名 韓元（韓國的貨幣單位，
　　通常以「₩」來表示）

A)얼마예요? B)10,000원입니다.
A)多少錢? B)一萬韓元。

| 원피스 | 名 洋裝（一件式）<br>外 one-piece |
| --- | --- |

어제 산 원피스를 다른 색깔로 바꾸고 싶어요.
我想把昨天買的洋裝換成其他顏色。

| 월 | 名【量詞】月 漢 月<br>關 일월,이월,삼월,사월,오월,유월,칠월,<br>팔월,구월,시월,십일월,십이월<br>一月~十二月 |
| --- | --- |

저는 작년 5월에 결혼했습니다.
我去年五月結婚了。

| 월급 | 名 月薪、薪水<br>漢 月給 關 보너스（bonus）獎金 |
| --- | --- |

저는 매달 5일에 월급을 받아요.
我每月五號領薪水。

| 월요일 | 名 星期一<br>漢 月曜日 |
| --- | --- |

우리 회사는 월요일마다 회의를 합니다.
我們公司每個星期一開會。

| 위 | 名 上、上面<br>反 아래,밑 |
| --- | --- |

그 꽃병은 책상 위에 놓으세요.
那個花瓶請放在書桌上。

| 위치 | 名位置、地點 漢位置<br>關위,아래,앞,뒤,옆,맞은편,오른쪽,왼쪽<br>上面／下面／前面／後面／旁邊／<br>對面／右邊／左邊 |

거기 위치가 어디쯤이에요?
那裡的位置大概是在哪裡？

그 식당은 위치가 안 좋아서 손님이 없어요.
那家餐廳的地點不好所以沒有客人。

| 위하다 | 動為<br>（通常取「위해서」或「위하여」的樣<br>子來表示「為了～」） |

건강을 위해서 매일 등산을 합시다.
為了健康我們每天爬山吧。

우리의 우정을 위하여, 건배 !
（敬酒時）為了我們的友情，乾杯！

| 위험(하다) | 名形危險 漢危險～<br>變위험하다－위험해요－위험했어요<br>－위험한 |

혼자 그곳에 가는 것은 위험해요.
獨自去那個地方是危險的。

| 유럽 | 名歐洲<br>外Europe |

여름 방학 때 유럽으로 배낭여행을 갈 거예요.
暑假時要去歐洲自助旅行。

## 유명하다

形 有名、聞名 漢 有名～
變 유명합니다-유명해요-유명했어요
-유명한

이곳은 아름다운 경치로 유명한 곳입니다.
這是一個以風景美麗聞名的地方。

이 식당은 김치찌개가 맛있기로 유명해요.
這家餐廳的泡菜鍋以好吃聞名。

## 유월

名 六月 漢 六月
※6월：육월（×）→ 유월（○）六月

6월 6일：유월 육 일
六月六日

## 유치원

名 幼稚園
漢 幼稚園

제 조카는 유치원에 다녀요.
我姪子在上幼稚園。

## 유치하다

形 幼稚 漢 幼稚～
變 유치합니다-유치해요-유치했어요
-유치한

너무 유치해요.
太幼稚了。

이런 유치한 프로그램은 보지 마세요.
請不要看這麼幼稚的節目。

## 유학(하다)

名 動 留學　漢 留學～　關 유학생 留學生
變 유학합니다-유학해요-유학했어요
　-유학할 거예요

어디에서 유학했어요?
你是在哪裡留學的？

오빠는 지금 미국에서 유학 중이에요.
哥哥現在在美國留學中。

## 유행(하다)

名 動 流行　漢 流行～
關 헤어스타일（hairstyle）髮型
變 유행합니다-유행해요-유행했어요
　-유행할 거예요

이게 요즘 유행하는 디자인이에요.
這是最近流行的設計。

올해는 이 헤어스타일이 유행이에요.
今年流行這種髮型。

## 육

數 冠 【漢字音數字】六
漢 六

저는 6층에 삽니다.
我住在六樓。

| 으로 | 助 ① 【目的地】往<br>② 【道具、原材料】用<br>③ 【交通工具】搭乘 ④ 【選擇】當<br>⑤ 【變化】成（前面名詞最後一個<br>字有非「ㄹ」的收尾音時）類 로 |
|---|---|

겨울에 중국으로 여행갈 거예요.
冬天要去中國旅行。

검은색 볼펜으로 쓰세요.
請用黑色原子筆寫。

현금으로 계산할게요.
我要用現金結帳。

점심으로 김밥을 먹었습니다.
我吃了韓式壽司當午餐。

좀 더 큰 옷으로 바꿔 주세요.
請換大一點的衣服給我。

| 은 | 助 強調、比較、對比助詞<br>（前面名詞最後一個字有收尾音時）<br>類 는 |
|---|---|

우리 선생님은 한국 사람입니다.
我們老師是韓國人。

비빔밥은 조금 맵지만 맛있어요.
拌飯雖然有點辣但很好吃。

아빠 곰은 뚱뚱해, 엄마 곰은 날씬해.
熊爸爸是胖胖的，熊媽媽則是苗條的。

（韓國兒歌「三隻熊」的歌詞）

| | |
|---|---|
| **은행** | 名銀行 漢銀行<br>關 돈을 저축하다：存錢<br>돈을 찾다：領錢 |

은행에 돈을 저축하러 갑니다.
去銀行存錢。

| | |
|---|---|
| **을** | 助受詞助詞（前面名詞最後一個字有<br>收尾音時）類를 |

밥을 먹습니다.
吃飯。

| | |
|---|---|
| **음력** | 名農曆<br>漢陰曆 反양력 |

제 생일은 음력 3월 29일입니다.
我的生日是農曆三月廿九日。

| | |
|---|---|
| **음료수** | 名飲料 漢飲料水<br>關 콜라,사이다,주스,차,물,술<br>可樂 / 汽水 / 果汁 / 茶 / 水 / 酒 |

편의점에서 음료수를 하나 샀습니다.
在便利商店買了一罐飲料。

| | |
|---|---|
| **음식** | 名食物、料理 漢飲食<br>關 밥,국,빵,면 飯 / 湯 / 麵包 / 麵 |

저는 한국 음식을 아주 좋아합니다.
我非常喜歡韓國料理。

대만에서는 지하철 안에서 음식을 먹으면 안 됩니다.
台灣在捷運裡不能飲食。

| 음식점 | 名飯館、餐廳 漢飲食店 類식당 |
| --- | --- |
| | 關식당,레스토랑,분식집,중국집 |
| | （一般）餐廳 / 西餐廳 / 小吃店 / |
| | 中國餐廳 |

예전에 음식점에서 아르바이트를 한 적이 있습니다.
我以前在餐廳打過工。

| 음악 | 名音樂 漢音樂 |
| --- | --- |
| | 關음악회,클래식,가요,재즈,록 |
| | 音樂會 / 古典音樂 / 流行歌曲 / |
| | 爵士 / 搖滾樂 |

무슨 음악을 듣고 있어요?
你正在聽什麼音樂？

| 의 | 助~的 |
| --- | --- |

이것은 누구의 가방입니까?
這是誰的包包？

（저＋의→저의＝제） :
제 남자 친구는 회사원이에요. (敬語)
（나＋의→나의＝내） :
내 남자 친구는 회사원이야. (半語)
我男朋友是上班族。

## 의미(하다)

名 意思、意味 動 代表、表示 漢 意味～
變 의미합니다 – 의미해요 – 의미했어요
– 의미할 거예요

숫자 7은 행운을 의미해요.
數字七代表幸運。

이 문장의 의미를 잘 모르겠어요.
我不懂這句子的意思。

## 의사

名 醫生
漢 醫師

병원은 의사와 간호사가 일하는 곳입니다.
醫院是醫生和護士工作的地方。

의사를 봅니다. (✕) → 병원에 갑니다. (○)
※注意！韓文不能用「看醫生」這個說法來表示看病，只能
說「去醫院」。

## 의자

名 椅子
漢 椅子

교실에는 의자와 책상이 있습니다.
教室裡有椅子和書桌。

## 이₁

助 主詞助詞（前面名詞最後一個字有
收尾音時）
類 가,께서

학생이 학교에 갑니다.
學生去學校。

| 이2 | 名牙齒 關잇몸,치과 牙齦 / 牙科<br>※이를 닦다:刷牙 |

하루에 세 번 이를 닦아요.
我一天刷三次牙。

| 이3 | 數冠【漢字音數字】二<br>漢二 |

2월 14일은 발렌타인데이입니다.
二月十四日是情人節。

| 이4 | 冠代這<br>反그,저 |

이 사람은 누구입니까?
這個人是誰？

| 이거 | 代這個;「이것」的口語說法<br>類이것 |

이거 주세요.
請給我這個。

| 이것 | 代這個<br>類이거 |

이것은 제 책입니다.
這是我的書。

| 이곳 | 代這裡、這個地方 |

이곳은 우리 교실입니다.
這裡是我們的教室。

## 이기다

動贏 反지다
變이깁니다-이겨요-이겼어요
–이길 거예요

이번 경기는 우리 팀이 이겼습니다.
這次的比賽我們隊贏了。

## 이나

助或是（前面名詞最後一個字有收尾
音時）
類나,거나

이번 휴가 때 산이나 바다로 놀러 갈까요?
這次休假時要不要去山上或是海邊玩？

## 이다

動是
變입니다-예요/이에요
–였어요/이었어요-일 거예요

저는 가정주부예요./ 학생이에요.
我是家庭主婦。/ 是學生。

예전 남자 친구는 기자였어요./ 공무원이었어요.
前男友是記者。/ 是公務員。

## 이따가

副等一下、過一會兒

제가 이따가 다시 전화할게요.
我等一下再打電話給你。

| 이랑 | 助 和、跟（前面名詞最後一個字有收尾音時）<br>類 랑 |
|---|---|

동대문시장에서 가방이랑 모자를 샀어요.
在東大門市場買了包包和帽子。

| 이런 | 冠 這樣的<br>反 그런 |
|---|---|

이런 음식은 먹어 본 적이 없습니다.
沒有吃過這樣的食物。

| 이렇게 | 副 這樣、這麼的<br>反 그렇게 |
|---|---|

이렇게 큰 개는 처음 봐요.
第一次看到這麼大的狗。

| 이렇다 | 形 這樣 反 그렇다<br>ㅎ變 이렇습니다-이래요-이랬어요<br>-이런 |
|---|---|

왜 이래요?
為何這樣？

| 이름 | 名 名字<br>類 성함 |
|---|---|

이름이 뭐예요?
你叫什麼名字？

제 이름은 진미혜예요.
我的名字是陳美惠。

| 이메일 | 名電子郵件 外E-mail 簡메일<br>※이메일을 보내다：寄E-mail<br>　이메일을 받다：收到E-mail |

내일 이메일을 보낼게요.
我明天寄E-mail給你。

제 이메일 받았어요?
你有收到我的E-mail嗎？

| 이모 | 名阿姨<br>漢姨母 反고모 |

이모는 딸만 셋 있어요.
阿姨只有三個女兒。

| 이미 | 副已經<br>類벌써 |

슈퍼는 이미 문을 닫았습니다.
超市已經關門了。

| 이번 | 名這次<br>漢～番 反저번,다음 |

이번 주 수요일부터 여름 방학입니다.
這個星期三開始放暑假。

이번에는 실수하지 마세요.
這次別失誤。

## 이사(하다)

名 動 搬家　漢 移徙～
變 이사합니다 – 이사해요 – 이사했어요
　 – 이사할 거예요

언제 이사할 거예요?
你什麼時候要搬家？

얼마 전 회사 근처로 이사했습니다.
我不久前搬到公司附近。

## 이야기(하다)

名 故事、聊天　動 聊天　簡 얘기(하다)
變 이야기합니다 – 이야기해요
　 – 이야기했어요 – 이야기할 거예요

공원에서 친구와 이야기했어요.
我在公園和朋友聊天了。

오늘 학교에서 재미있는 이야기를 들었어요.
今天在學校聽到有趣的故事。

## 이용(하다)

名 動 利用、使用　漢 利用～
類 사용(하다)
變 이용합니다 – 이용해요 – 이용했어요
　 – 이용할 거예요

출퇴근 시간에는 대중교통을 이용하는 것이 더
빨라요.
上下班時間使用大眾交通會更快。

## 이유

名 理由
漢 理由

어제 회의에 안 온 이유가 뭐예요?
昨天沒有來開會的理由是什麼？

ㅇ

| 이제 | 名副現在、目前<br>類지금 |
| --- | --- |

이제 집에 가야겠어요.
我現在該回家了。

이제부터 한 시간 동안 우리 영어로만 이야기해 봐요.
從現在開始一個小時我們只用英文聊天看看。

| 이쪽 | 代這邊 |
| --- | --- |

이쪽으로 오세요.
請往這邊來。

| 이틀 | 名兩天 |
| --- | --- |

회사 일이 너무 많아서 이틀 동안 집에 못 갔어요.
公司事情非常多所以我兩天沒回家。

| 이해(하다) | 名動①理解 ②了解 ③諒解 漢理解~<br>變이해합니다-이해해요-이해했어요<br>-이해할 거예요 |
| --- | --- |

이 책의 내용은 이해하기 어려워요.
這本書的內容很難理解。

그 사람을 이해할 수가 없어요.
我無法了解那個人。

이해해 주세요.
請諒解。

| 이혼(하다) | 名 動 離婚 漢 離婚~ 反 결혼(하다)<br>變 이혼합니다-이혼해요-이혼했어요<br>-이혼할 거예요 |

두 사람은 성격이 안 맞아서 이혼했어요.
兩個人因為個性不合所以離婚了。

| 인기 | 名 人氣 漢 人氣<br>※인기가 있다 : 有人氣<br>인기가 없다 : 沒有人氣 |

인기가 많아요. = 인기가 높아요.
人氣很旺。人氣很高。很受歡迎。

요즘 제일 인기 있는 가수가 누구예요?
最近最有人氣（最受歡迎）的歌手是誰？

| 인분 | 名【量詞】~人份<br>漢 人分 |

불고기 3인분 주세요.
請給我三人份銅盤烤肉。

| 인사(하다) | 名 動 打招呼、問候 漢 人事~<br>變 인사합니다-인사해요-인사했어요<br>-인사할 거예요 |

두 분 서로 인사하세요.
兩位請互相打招呼。

| 인삼 | 名 人參 漢 人參<br>關 인삼차,인삼주<br>人參茶 / 人參酒 |

저번에 한국에 갔을 때 인삼을 샀어요.
上次去韓國時買了人參。

## 인천

名【地名】仁川
漢仁川

아저씨, 인천 공항으로 가 주세요.
（搭計程車）司機先生，請到仁川機場。

## 인터넷

名網路 外internet
關인터넷 게임, 채팅, PC방
網路遊戲 / 線上聊天 / 網咖

저는 하루에 두 시간 정도 인터넷을 합니다.
我一天上網大約兩小時。

## 인형

名玩偶、娃娃
漢人形

이 인형은 남자친구한테서 받은 거예요.
這玩偶是從男朋友那收到的。

## 일₁

數冠【漢字音數字】一
漢一

일 개월 전에 한국에 왔습니다.
我一個月前來到韓國。

## 일₂

名①日 ②天
漢日

오늘은 1월 1일입니다.
今天是一月一日。

1박 2일
兩天一夜

## 일(하다)

名動 事情、工作
變 일합니다 – 일해요 – 일했어요
– 일할 거예요

요즘 회사 일이 너무 많아요.
最近公司事情非常多。

어디에서 일하세요?
你在哪裡工作？

## 일곱

數【純韓文數字】七

보통 일곱 시에 아침을 먹어요.
我通常七點吃早餐。

## 일기

名 日記
漢 日記

저는 항상 자기 전에 일기를 씁니다.
我總是在睡前寫日記。

## 일본

名 日本 漢 日本
關 일식집(日食～) 日本料理餐廳

저는 일본에 세 번 가 봤어요.
我去過日本三次。

명동은 일본 관광객들이 가장 좋아하는 관광지예요.
明洞是日本遊客最喜歡的觀光地。

## 일본어

名 日語
漢 日本語 簡 일어

저는 영어보다 일본어를 더 잘합니다.
比起英文我更擅長日文。

## 일어나다

動①起床 ②站起來 反자다,앉다
變일어납니다-일어나요-일어났어요
-일어날 거예요

저는 매일 아침 여섯 시 반에 일어나요.
我每天早上六點半起床。

모두 자리에서 일어나세요.
請大家從椅子上站起來。

## 일요일

名星期日
漢日曜日

그럼, 일요일에 봐요.
那麼，星期日見。

## 일주일

名一週
漢一週日

일주일에 텔레비전을 몇 시간 정도 보세요?
一週大約看幾個小時的電視？

## 일찍

副早一點
反늦게

오늘 아침에는 일찍 일어났어요.
今天早上早一點起來了。

## 일흔

數【純韓文數字】七十

할머니께서는 올해 일흔여섯이십니다.
奶奶今年七十六歲。

| 읽다 | 動①閱讀、看（書、報紙等）②唸<br>類보다<br>變읽습니다 - 읽어요 - 읽었어요<br>- 읽을 거예요 |

저는 매일 아침 신문을 읽습니다.
我每天早上看報紙。

따라 읽으세요.
請跟著唸。

| 잃다 | 動①失去 ②迷失<br>變잃습니다 - 잃어요 - 잃었어요<br>- 잃을 거예요 |

여자 주인공은 교통사고로 기억을 잃었어요.
女主角因為交通意外失去記憶了。

산에서 길을 잃었어요.
在山上迷路了。

| 잃어버리다 | 動弄丟、丟了<br>變잃어버립니다 - 잃어버려요<br>- 잃어버렸어요 - 잃어버릴 거예요 |

어제 지갑을 잃어버렸어요.
昨天弄丟了錢包。

| 입 | 名嘴<br>漢입술,이 嘴唇 / 牙齒 |

저는 입이 큰 편이에요.
我的嘴算大的。

## 입구

名 入口
漢 入口

저쪽으로 가면 박물관 입구가 보일 거예요.
往那邊去的話會看到博物館入口。

## 입다

動 穿（衣服）反 벗다
變 입습니다 - 입어요 - 입었어요
　　 - 입을 거예요

오늘 청바지를 입었어요.
今天穿了牛仔褲。

내일은 무슨 옷을 입을 거예요?
你明天要穿什麼衣服？

## 입원(하다)

名 動 住院 漢 入院~ 反 퇴원(하다)
關 병문안 探病
變 입원합니다 - 입원해요 - 입원했어요
　　 - 입원할 거예요

친구가 아파서 병원에 입원했습니다.
朋友生病所以住院了。

친구가 입원을 해서 병문안을 갔습니다.
因為朋友住院所以去探病了。

## 입학(하다)

名 動 入學 漢 入學~ 反 졸업(하다)
關 입학식 入學典禮
變 입학합니다 - 입학해요 - 입학했어요
　　 - 입학할 거예요

우리 작은딸은 작년에 대학교에 입학했어요.
我的小女兒去年上了大學。

| 있다 | 形動① 有 ② 在 類 계시다 反 없다<br>變 있습니다-있어요-있었어요-있는<br>變 있습니다-있어요-있었어요<br>　　-있을 거예요 |
|---|---|

볼펜 있어요?
你有原子筆嗎？

제 방은 2층에 있어요.
我的房間在二樓。

언니는 자기 방에서 공부하고 있어요.
姐姐正在自己的房間讀書。

| 잊다 | 動 忘記 類 잊어버리다<br>變 잊습니다-잊어요-잊었어요<br>　　-잊을 거예요 |
|---|---|

잊지 마세요. = 잊으면 안 돼요.
請不要忘記。 = 不可以忘記。

| 잊어버리다 | 動 忘記、忘掉 類 잊다<br>變 잊어버립니다-잊어버려요<br>　　-잊어버렸어요-잊어버릴 거예요 |
|---|---|

친구와의 약속을 잊어버렸어요.
忘記了和朋友的約會。

| 자기 | 名代自己<br>漢自己 |
|------|------|

여러분, 자기소개 하세요.
各位，請自我介紹。

| 자다 | 動睡 類주무시다<br>變잡니다-자요-잤어요-잘 거예요<br>※자다 = 잠을 자다：睡覺 |
|------|------|

오늘은 친구 집에서 잘 거예요.
今天要在朋友家睡覺。

| 자동차 | 名汽車<br>漢自動車 同차 |
|------|------|

우리 집은 자동차가 두 대 있습니다.
我家有兩台汽車。

| 자료 | 名資料<br>漢資料 |
|------|------|

자료를 찾으러 도서관에 갔습니다.
我去了圖書館找資料。

## 자르다

動剪（頭髮）
르變 자릅니다 - 잘라요 - 잘랐어요
　　　 - 자를 거예요

머리를 자르고 싶어요.
我想剪頭髮。

머리 조금만 잘라 주세요.
請幫我修剪一點頭髮。

## 자리

名位子

사장님께서는 지금 자리에 안 계십니다.
社長現在不在位子上。

## 자장면

名炸醬麵
關 짬뽕, 탕수육 炒碼麵 / 糖醋肉

자장면은 한국 사람들이 가장 좋아하는 중국
요리예요.
炸醬麵是韓國人最喜歡的中華料理。

## 자전거

名自行車、腳踏車
漢自轉車

지난 주말에 공원에서 자전거를 탔습니다.
上個週末在公園騎了腳踏車。

ㅈ

### 자주
副 常常
反 가끔

이 식당에 친구들과 <u>자주</u> 점심 먹으러 와요.
常常和朋友來這家餐廳吃午餐。

얼마나 <u>자주</u> 서점에 가세요?
你多常去書店？

### 작년
名 去年
漢 昨年 類 지난해 反 내년

저는 <u>작년</u> 여름부터 한국어를 배우고 있어요.
我從去年夏天開始學習韓文。

### 작다
形 ① 小 ② （個子）矮 反 크다
變 작습니다 - 작아요 - 작았어요 - 작은

<u>작은</u> 가방이 더 좋아요.
我比較喜歡小包包。

저는 키가 <u>작습니다</u>.
我身高矮。

### 잔
名 ① 杯子 ② 【量詞】杯
漢 盞 類 컵

커피 한 <u>잔</u> 주세요.
請給我一杯咖啡。

저 커피<u>잔</u>이 더 예쁜 것 같아요.
那個咖啡杯好像更漂亮。

| 잘 | 副①好好的<br>②（能力方面）非常、很（會） |
|---|---|

잘 먹겠습니다.
我會好好的吃。/ 我要開動了。

잘 먹었습니다.
我吃得很好。/ 我吃飽了，謝謝。

저는 자전거를 잘 타요.
我很會騎腳踏車。

| 잘못(하다) | 名副錯誤 動做錯～ 類실수(하다)<br>（「잘못」後方還可以接別的動詞，表<br>示做錯那件事）<br>變잘못합니다-잘못해요-잘못했어요<br>-잘못할 거예요 |
|---|---|

모두 제 잘못이에요.
全部都是我的錯。

엄마, 잘못했어요.
媽媽，我錯了。

버스를 잘못 탔어요.
我搭錯公車了。

| 잘생기다 | 形長得好看、帥<br>類예쁘다 反못생기다<br>變잘생깁니다-잘생겨요-잘생겼어요<br>-잘생긴 |
|---|---|

너무 잘생겼어요.
長得非常帥。

저는 잘생긴 남자가 좋아요.
我喜歡長得帥的男生。

ㅈ

| 잘하다 | 動做得好、很會做 反못하다<br>變잘합니다－잘해요－잘했어요<br> －잘할 거예요 |

우리 오빠는 공부도 잘하고 운동도 잘해요.
我哥哥功課好也很會運動。

제 친구는 한국말을 아주 잘합니다.
我朋友很會講韓文。

| 잠 | 名睡覺、睡眠<br>關낮잠,늦잠,잠옷<br> 睡午覺 / 睡過頭 / 睡衣<br>※잠을 자다 = 자다：動睡覺。 |

매일 한 시간 정도 낮잠을 자요.
每天睡一小時左右的午覺。

어젯밤에 잠을 잘 못 잤어요.
昨天晚上沒睡好。

| 잠깐 | 名副一會兒、暫時<br>漢暫間 類잠시 |

잠깐만 기다리세요. = 잠깐만요.
請稍等。= 等一下。

| 잠시 | 名副一會兒、暫時<br>漢暫時 類잠깐 |

잠시만 기다리세요. = 잠시만요.
請稍等。= 等一下。

| 잡다 | 動①抓 ②把握 ③牽（手）<br>變잡다-잡아요-잡았어요<br>　-잡을 거예요 |

손잡이를 꼭 잡으세요.
請好好的抓住把手。

이런 좋은 기회는 꼭 잡아야 해요.
這麼好的機會一定要把握。

남자 친구 손을 잡고 산책할 때가 제일 행복해요.
牽著男朋友的手散步時最幸福。

| 잡수시다 | 動吃；「먹다」的敬語 類드시다<br>變잡수십니다-잡수세요-잡수셨어요<br>　-잡수실 거예요 |

할아버지, 저녁 잡수세요.
爺爺，請吃晚餐。

| 잡지 | 名雜誌<br>漢雜誌 |

은행에서 기다리는 동안 잡지를 봤어요.
在銀行等待的時候看了雜誌。

| 장 | 名【量詞】張<br>漢張 |

교통카드 한 장 주세요.
請給我一張交通卡。

ㅈ

| **장갑** | 名手套 漢掌甲<br>※장갑을 끼다：戴手套 |

오늘은 날씨가 추워서 장갑을 꼈어요.
今天天氣冷所以戴手套了。

| **장마** | 名梅雨、雨季<br>同장마철 |

한국은 **6**월 말부터 **7**월 말까지가 장마철입니다.
韓國六月底開始到七月底是梅雨季。

| **장미** | 名玫瑰<br>漢薔薇 同장미꽃 |

여자 친구에게 장미꽃을 선물했어요.
送玫瑰花給女朋友當禮物。

| **장사(하다)** | 名動生意、做生意（通常指的是在店<br>鋪買賣的生意）<br>類사업(하다)<br>變장사합니다-장사해요-장사했어요<br>-장사할 거예요 |

저번 달부터 남대문시장에서 장사를 시작했어요.
從上個月起在南大門市場開始做生意。

어디에서 옷 장사를 하세요?
你在哪裡做衣服生意？

## 장소
名 場所、地方
漢 場所

약속 장소가 어디예요?
約定的地方在哪裡？

## 장학금
名 獎學金
漢 獎學金

언니는 공부를 잘해서 매년 장학금을 받습니다.
姐姐很會讀書所以每年都得到獎學金。

## 재미
名 有趣

재미가 있다 = 재미있다
好看、好玩、有趣

재미가 없다 = 재미없다
不好看、不好玩、無趣

## 재미없다
形 ①不好看 ②不好玩 ③無趣
反 재미있다
變 재미없습니다 - 재미없어요
  - 재미없었어요 - 재미없는

이 영화 재미없어요. 보지 마세요.
這部電影不好看。不要看。

이 게임은 너무 재미없어요.
這遊戲很不好玩。

저 사람은 재미없어요.
那個人很無趣。

ㅈ

| 재미있다 | 形①好看 ②好玩 ③有趣 反재미없다<br>變재미있습니다-재미있어요<br>-재미있었어요-재미있는 |

이 드라마 아주 재미있어요.
這齣電視劇很好看。

이번 여행은 너무 재미있었어요.
這次旅行非常好玩。

한국어는 조금 어렵지만 재미있습니다.
雖然韓文有一點難但是有趣。

| 저₁ | 代我；「나」的謙讓語<br>類나 |

저는 학생입니다.
我是學生。

(저＋가→제가)：제가 학교에 갑니다.
我去學校。

| 저₂ | 冠代那<br>類그 |

저 사람은 누구예요?
那個人是誰？

| 저거 | 代那個；「저것」的口語說法<br>類저것 |

저거 주세요.
（買東西）我要那個。

## 저것

代 那個
類 저거

저것은 무엇입니까?
那個（東西）是什麼？

## 저곳

代 那個地方、那裡
類 그곳

저곳은 학교 도서관입니다.
那個地方是學校圖書館。

## 저기

代 那裡
類 거기 反 여기

저기 사거리에서 오른쪽으로 돌아가세요.
請在那裡的十字路口往右轉。

저기요~
那裡……（在韓文中，要稱呼陌生人時最常用的說法）

## 저녁

名 ①晚上（大概六點～九點）②晚餐
類 밤

내일 저녁에 영화 볼래요?
明天晚上要不要看電影？

보통 저녁을 먹은 후에 숙제를 해요.
通常吃完晚餐後做作業。

天

## 저번

名 上次 漢 這番 反 다음
關 저번 주,저번 주말 上週／上個週末

저번 주말에 뭐 했어요?
上週末做了什麼？

저번 주 토요일에 친구 생일 파티에 갔습니다.
上星期六去了朋友的生日派對。

## 저쪽

代 那邊
類 그쪽

출구는 저쪽에 있습니다.
出口在那邊。

## 저희

代 我們；「우리」的謙讓語
類 우리

언제 저희 집에 한번 놀러 오세요.
改天請來我家玩。

## 적다₁

形 少 反 많다
變 적습니다－적어요－적었어요－적은

지금 다니는 회사는 월급이 너무 적어요.
現在上班的公司薪水非常少。

요즘 다이어트 때문에 밥을 적게 먹고 있어요.
最近因為減肥所以飯吃得很少。

| 적다₂ | 動記錄、(抄) 寫 類쓰다<br>變적습니다-적어요-적었어요<br>-적을 거예요 |

여기에 이름하고 전화번호를 적으세요.
請在這裡寫下名字和電話號碼。

| 전 | 名冠前<br>漢前 反후 |

일주일 전에 한국에 왔습니다.
我一星期前來到韓國。

저는 보통 이를 닦기 전에 세수를 먼저 합니다.
我通常刷牙前先洗臉。

| 전부 | 名副全部、全體<br>漢全部 類모두,다 |

전부 얼마예요?
全部多少錢?

그 사람이 한 말은 전부 거짓말이었어요.
那個人說的話全部都是謊話。

| 전주 | 名【地名】全州<br>漢全州 |

전주는 비빔밥으로 유명합니다.
全州是以拌飯聞名的。

ㅈ

| 전철 | 名捷運、地鐵 漢電鐵 同지하철 |

저는 매일 전철을 타고 출근합니다.
我每天搭捷運上班。

| 전통 | 名傳統 漢傳統 |

요즘 젊은 사람들은 전통 음악에 관심이 없습니다.
現在年輕人不關心傳統音樂。

| 전하다 | 動傳達、轉達 漢傳~ 關소식을 전하다,마음을 전하다 傳達消息 / 轉達心意 變전합니다-전해요-전했어요 -전할 거예요 |

이 편지를 미혜 씨에게 좀 전해 주시겠어요?
這封信可以幫我傳達給美惠嗎？

| 전혀 | 副全然（通常後方接否定句，表示 「完全不~」或「一點都不~」） 漢全~ |

전혀 안 추워요. = 하나도 안 추워요.
一點都不冷。

전혀 몰랐어요.
我完全不知道。

| **전화(하다)** | 名電話 動打電話<br>漢電話～ 類통화(하다)<br>變전화합니다-전화해요-전화했어요<br>-전화할 거예요<br>※전화하다=전화를 걸다 : 打電話 |
| --- | --- |

제가 내일 전화할게요.
我明天打電話給你。

조금 전에 친구에게서 전화가 왔습니다.
剛才朋友打電話來了。

조금 전에 회사에서 전화가 왔습니다.
剛才從公司來了電話。

| **전화기** | 名電話（機）<br>漢電話機 |
| --- | --- |

전화기는 컴퓨터 옆에 있습니다.
電話在電腦旁邊。

| **전화번호** | 名電話號碼<br>漢電話番號 |
| --- | --- |

집 전화번호가 몇 번이에요?
你家電話號碼幾號？

| **젊다** | 形年輕 類어리다<br>關젊은 사람=젊은이 年輕人<br>變젊습니다-젊어요-젊었어요-젊은 |
| --- | --- |

그 옷을 입으니까 더 젊어 보여요.
穿那件衣服看起來更年輕。

261

ㅈ

| 점 | 名點 漢點 |
| --- | --- |
| | 關좋은 점＝장점：優點 |
| | 나쁜 점＝단점：缺點 |
| | 점수：分數 / 100점：一百分 |

남자 친구 어떤 점이 좋아요?
妳喜歡男友的哪一點？

이번에도 시험 점수가 나빠요.
這次考試成績也不好。

| 점심 | 名①中午 ②午餐 |
| --- | --- |
| | 漢點心 |

점심에 뭐 먹을까요?
中午要吃什麼？

우리 같이 점심 먹으러 갑시다.
我們一起去吃午餐吧。

| 점심시간 | 名午餐時間、午休 |
| --- | --- |
| | 漢點心時間 |

우리 회사는 12시부터 1시까지 점심시간입니다.
我們公司從十二點到一點是午餐時間。

| 점원 | 名店員 |
| --- | --- |
| | 漢店員 |

제 여자 친구는 옷 가게 점원이에요.
我的女朋友是服飾店店員。

## 젓가락

名 筷子
反 숟가락

한국 사람들은 식사할 때 숟가락과 젓가락을
사용해요.
韓國人在用餐時使用湯匙和筷子。

## 정도

名 左右、大約
類 쯤

저는 하루에 커피를 두 잔 정도 마십니다.
我一天大約喝兩杯咖啡。

## 정류장

名（公車）站 漢 停留場
※버스 정류장：公車站

집에서 버스 정류장까지 걸어서 1분 정도 걸려요.
從家裡到公車站走路需要一分鐘左右。

## 정말

名 副 真的
漢 正～ 類 참

정말 맛있어요.
真的很好吃。

정말이에요? = 진짜예요?
真的嗎？

## 제일

名 第一 副 最
漢 第一 類 가장

제일 좋아하는 한국 음식이 뭐예요?
你最喜歡的韓國料理是什麼？

ㅈ

## 제주도

名濟州島
漢濟州島

졸업 여행은 <u>제주도</u>로 가려고 합니다.
畢業旅行要去濟州島。

## 조금

名副一點點、稍微
反많이 簡좀

머리가 <u>조금</u> 아파요.
頭有一點點痛。

<u>조금</u> 전에 회의가 끝났습니다.
不久前會議結束了。

## 조심(하다)

名動小心 漢操心~
變조심합니다-조심해요-조심했어요
-조심할 거예요

감기 <u>조심</u>하세요.
請小心感冒。

<u>조심</u>해서 운전하세요.
請小心開車。

국물이 많이 뜨거우니까 <u>조심</u>히 드세요.
湯很燙所以請小心喝。

## 조용하다

形安靜 漢從容~ 反시끄럽다
變조용합니다-조용해요-조용했어요
-조용한

이 커피숍은 사람이 적고 <u>조용</u>해서 좋아요.
這家咖啡廳人少又安靜所以我很喜歡。

좀 <u>조용</u>히 하세요.
請你安靜一點。

## 조카

名 姪子、姪女
類 조카딸 ( 姪女 )

조카가 몇 살이에요?
你的姪子（姪女）幾歲？

## 졸업(하다)

名 動 畢業 漢 卒業～ 反 입학(하다)
關 졸업식 畢業典禮
變 졸업합니다-졸업해요-졸업했어요
-졸업할 거예요

졸업 후에 무슨 일을 하고 싶어요?
畢業後想做什麼？

작년 2월에 고등학교를 졸업했어요.
去年二月高中畢業了。

## 좀

副 一點點，稍微；「조금」的簡稱，
拜託別人做事較常用
類 조금

오늘은 좀 덥네요.
今天有一點熱耶。

좀 도와줄래요?
幫我一下，好嗎？

## 좁다

形 窄、窄小 反 넓다
變 좁습니다-좁아요-좁았어요-좁은

길이 좁고 어두워요.
路很窄又黑。

차 안이 생각보다 좁네요.
車裡面比想像的還小。

ㅈ

## 종류

名種類
漢種類 類 가지

여기 스파게티 종류가 참 다양하네요.
這裡的義大利麵種類真的很多。

## 종업원

名員工（通常指餐廳或旅館的員工）
漢從業員
關 식당 종업원,여관 종업원
　　餐廳服務生 / 旅館員工

이 식당 종업원들은 모두 친절해요.
這家餐廳的服務生都很親切。

## 종이

名紙
關종이컵 紙杯

펜하고 종이 좀 주세요.
請給我筆跟紙。

## 좋다

形①喜歡 ②好 反싫다,나쁘다
變좋습니다－좋아요－좋았어요－좋은

저는 한국 드라마가 좋아요.
我喜歡韓劇。

오늘은 날씨가 참 좋아요.
今天天氣真好。

A)우리 영화 보러 갈래요? B)좋아요.
A)我們要不要去看電影？B)好啊。

## 좋아하다

動喜歡 反싫어하다
變좋아합니다–좋아해요–좋아했어요
–좋아할 거예요

저는 한국 드라마를 좋아해요.
我喜歡韓劇。

저는 요리하는 것을 좋아해요.
我喜歡做料理。

## 죄송하다

形抱歉、對不起
漢罪悚~ 類미안하다
變죄송합니다–죄송해요–죄송했어요
–죄송한

정말 죄송합니다.
真的對不起。

죄송하지만, 저희 사진 좀 찍어 주시겠어요?
對不起，可以幫我們照張相嗎？

## 주

名週 漢週
關지난주＝저번 주, 이번 주, 다음 주
上週 / 本週 / 下週

지난주에 백화점에 갔어요.
上週去了百貨公司。

다음 주 토요일에 수영장에 갈 거예요.
下週六要去游泳池。

ㅈ

## 주다

動給、送 類드리다 反받다
變줍니다-줘요-줬어요-줄 거예요

어제 친구가 선물을 줬어요.
昨天朋友送我禮物。

어제 친구에게 선물을 줬어요.
昨天我送朋友禮物。

사과 한 개 주세요.
（買東西）請給我一顆蘋果。

삼계탕 주세요.
（點菜）我要人參雞湯。

## 주말

名週末 漢週末
關지난 주말=저번 주말,
이번 주말,다음 주말
上個週末 / 這個週末 / 下個週末

이번 주말에 이사하려고 합니다.
這個週末要搬家。

## 주머니

名口袋

주머니에서 열쇠를 꺼냈습니다.
從口袋拿出鑰匙。

**주무시다**
動睡;「자다」的敬語 類자다
變주무십니다-주무세요-주무셨어요
　-주무실 거예요

안녕히 주무세요.
（對長輩）晚安。

안녕히 주무셨어요?
（對長輩）您睡得好嗎？＝早安。

**주문(하다)**
名動①點（菜）②訂購
漢注文～ 類시키다
變주문합니다-주문해요-주문했어요
　-주문할 거예요

먼저 주문하세요.
請你先點菜。

인터넷에서 책을 주문했어요.
在網路上訂購了書。

**주소**
名住址
漢住所

집 주소가 어떻게 돼요?
你家的住址是什麼？

**주스**
名果汁
外juice

건강을 위해서 아침마다 토마토 주스를 마십니다.
為了健康每天早上喝番茄汁。

ㅈ

| 주인 | 名主人、老闆<br>漢主人 反손님 |

주인 아저씨는 안 계세요?
老闆不在嗎？

| 주인공 | 名主角 漢主人公<br>關남자 주인공,여자 주인공<br>男主角 / 女主角 |

이 드라마 남자 주인공이 누구예요?
這齣電視劇的男主角是誰？

| 주차(하다) | 名動停車 漢駐車~<br>變주차합니다-주차해요-주차했어요<br>-주차할 거예요 |

주차 금지
禁止停車

여기에 주차해도 돼요?
可以在這裡停車嗎？

| 주차장 | 名停車場<br>漢駐車場 |

주차장은 지하 2층에 있습니다.
停車場在地下二樓。

| 죽 | 名稀飯、粥<br>漢粥 |

며칠 전에 수술을 해서 지금 죽만 먹을 수 있습니다.
幾天前做了手術所以現在只能吃稀飯。

| 죽다 | 動死 類돌아가시다 反태어나다,살다<br>變죽습니다-죽어요-죽었어요<br>-죽을 거예요 |

옆집 강아지가 <u>죽었어요</u>.
鄰居的小狗死了。

| 준비(하다) | 動準備 漢準備~<br>變준비합니다-준비해요-준비했어요<br>-준비할 거예요 |

어머니께서는 부엌에서 저녁 <u>준비</u>를 하고 계세요.
媽媽在廚房正在準備晚餐。

| 준비되다 | 動準備好 漢準備~<br>變준비됩니다-준비돼요-준비됐어요<br>-준비될 거예요 |

<u>준비됐어요</u>?
準備好了嗎?

| 중 | 名中 漢中<br>關외출 중,통화 중,수업 중,식사 중<br>外出中 / 通話中 / 上課中 / 用餐中 |

우리 가족 <u>중</u>에서 제가 노래를 제일 잘합니다.
我家人當中我最會唱歌。

사장님께서는 지금 회의 <u>중</u>이십니다.
社長現在會議中。

ㅈ

| 중국 | 名中國<br>漢中國 |

중국에 가 본 적 있어요?
你有去過中國嗎？

| 중국어 | 名中國話、中文<br>漢中國語 |

중국어는 조금 어렵지만 재미있습니다.
中文雖然有點難但是很有意思。

| 중국집 | 名中國餐廳<br>漢中國~ 同중국 식당 |

중국집에 전화해서 자장면을 시켰어요.
打電話到中國餐廳叫外送炸醬麵。

| 중순 | 名中旬<br>漢中旬 |

이번 달 중순에 오빠가 미국에서 돌아옵니다.
這個月中旬哥哥會從美國回來。

| 중요하다 | 形重要 漢重要~<br>變중요합니다-중요해요-중요했어요<br>-중요한 |

내일 아주 중요한 회의가 있어요.
明天有非常重要的會議。

## 중학교

名 國中
漢 中學校

사촌 형은 중학교 3학년입니다.
堂哥是國中三年級。

## 중학생

名 國中生
漢 中學生

제 조카는 중학생입니다.
我的姪子（姪女）是國中生。

## 즐겁다

形 愉快
ㅂ變 즐겁습니다－즐거워요
－즐거웠어요－즐거운

즐거운 주말 보내세요. = 주말 즐겁게 보내세요.
祝你週末愉快。

## 지각(하다)

名 動 遲到（通常用在公司、學校、補
習班）漢 遲刻～ 類 늦다
變 지각합니다－지각해요－지각했어요
－지각할 거예요

지각하지 마세요.
請不要遲到。

아침에 늦잠을 자서 학교에 지각했습니다.
早上睡過頭所以上學遲到了。

ㅈ

## 지갑

名 錢包
漢 紙匣 關 동전 지갑 零錢包

어제 백화점에서 빨간색 지갑을 샀어요.
昨天在百貨公司買了紅色的錢包。

## 지금

名 副 現在
漢 只今 類 이제

지금 뭐 하고 있어요?
你現在在做什麼？

## 지난달

名 上個月
同 저번 달 反 다음 달

남동생은 지난달 초에 여자 친구와 결혼했습니다.
弟弟上個月初和女朋友結婚了。

## 지난주

名 上星期
漢 ~週 同 저번 주 反 다음 주

지난주에 친구하고 콘서트를 보러 갔어요.
上星期和朋友去看演唱會。

## 지난해

名 去年
類 작년 反 내년

지난해 겨울에 서울로 이사왔습니다.
去年冬天搬來首爾。

| 지내다 | 動 度過、過（日子） 類 보내다<br>變 지냅니다-지내요-지냈어요<br>-지낼 거예요 |
|---|---|

그동안 어떻게 지냈어요?
你這陣子過得怎麼樣？

그동안 잘 지냈어요?
你這陣子過得好嗎？

| 지다 | 動 輸 反 이기다<br>變 집니다-져요-졌어요-질 거예요 |
|---|---|

이번 경기는 지면 안 돼요. 꼭 이겨야 돼요.
這次比賽不能輸。一定要贏。

| 지도 | 名 地圖<br>漢 地圖 |
|---|---|

서울 시내 지도는 어디에서 살 수 있어요?
首爾市區地圖可以在哪裡買到？

| 지우개 | 名 橡皮擦 |
|---|---|

지우개 좀 빌려 주세요.
請借我一下橡皮擦。

| 지우다 | 動 擦<br>變 지웁니다-지워요-지웠어요<br>-지울 거예요 |
|---|---|

이름을 잘못 써서 지우개로 지웠어요.
因為寫錯名字所以用橡皮擦擦掉了。

| 지키다 | 動①遵守（約定）②守護<br>變지킵니다－지켜요－지켰어요<br>－지킬 거예요 |
|---|---|

약속 꼭 지키세요.
請你一定要遵守約定。

내가 널 지켜 줄게.
（歌詞裡常出現的一句）我會守護你。

| 지하 | 名地下<br>漢地下 |
|---|---|

지하 2층에서 5층까지는 주차장입니다.
從地下二樓到五樓是停車場。

| 지하철 | 名捷運、地鐵<br>漢地下鐵 同전철 |
|---|---|

저는 매일 지하철을 타고 출근합니다.
我每天搭捷運上班。

| 직업 | 名職業<br>漢職業 關직장 職場 |
|---|---|

직업이 뭐예요? = 직업이 어떻게 되세요?
你的職業是什麼？

| 직원 | 名職員、員工<br>漢職員 |
|---|---|

우리 회사는 직원이 모두 백 명입니다.
我們公司員工總共有一百名。

**직접**

名副直接、親自
漢直接

이건 제가 직접 만든 케이크예요.
這是我親自做的蛋糕。

**진지**

名飯；「밥」的敬語
類밥

할머니, 진지 잡수세요. = 진지 드세요.
奶奶，請用餐。

**진짜**

名①真的 ②真貨 副真的
漢真～ 類정말 反가짜
※루이비통(Louis Vuitton)：LV

진짜예요? = 정말이에요?
真的嗎？

이거 진짜 루이비통 가방이에요.
這是真的LV包包。

**질문(하다)**

名動①問題 ②提問 漢質問～ 類묻다
變질문합니다-질문해요-질문했어요
　　-질문할 거예요

질문 있습니까?
有問題嗎？

모르면 선생님께 질문하세요.
不懂的話請向老師提問。

ㅈ

| 집 | 名①家 ②房屋 ③店、餐廳 類 댁 |

내일 우리 <u>집</u>에 놀러 올래요?
明天要不要來我家玩？

이 근처는 <u>집</u>값이 아주 비싸요.
這附近的房價非常貴。

냉면 맛있는 <u>집</u> 좀 소개해 주세요.
請介紹一下好吃的韓式涼麵餐廳。

| 집안일 | 名家事、家務 |

보통 일요일에는 청소, 빨래 등의 <u>집안일</u>을 해요.
通常星期天做打掃洗衣服等的家事。

| 짜다 | 形鹹 反싱겁다 變잡니다-짜요-짰어요-짠 |

소금은 <u>짜요</u>.
鹽巴鹹。

| 짜리 | 接尾直~ |

500원<u>짜리</u> 볼펜 주세요.
請給我五百韓元的原子筆。

언니는 다섯 살<u>짜리</u> 아이가 하나 있습니다.
姐姐有一個五歲的孩子。

## 짧다

形 短 反 길다
變 짧습니다 – 짧아요 – 짧았어요 – 짧은

여름에는 낮이 길고 밤이 짧아요.
夏天白天長夜晚短。

언니는 다리가 길어서 짧은 치마가 잘 어울려요.
姐姐腿長所以很適合短裙。

## 쪽

名 ①邊 ②頁

명동 가는 지하철은 어느 쪽에서 타야 해요?
去明洞的地鐵要在哪一邊搭才行？

교과서 85쪽을 보세요.
請看教科書第八十五頁。

## 쯤

接尾 左右、大約；「정도」的口語說法
類 정도

집에서 지하철역까지 걸어서 10분쯤 걸려요.
家裡到捷運站走路大約十分鐘。

## 찌개

名 鍋（通常前面表示那鍋主要的食材）
關 김치찌개,된장찌개 泡菜鍋 / 味噌鍋

된장찌개가 너무 맛있어서 밥을 두 그릇 먹었습니다.
味噌鍋非常好吃所以吃了兩碗飯。

ㅈ

| 찍다 | 動①拍（照）、攝影 ②拍戲、拍電影<br>變찍습니다-찍어요-찍었어요<br>-찍을 거예요 |
|---|---|

박물관 안에서는 사진을 찍으면 안 돼요.
在博物館不可以照相。

그 배우는 지금 미국에서 영화를 찍고 있어요.
那位演員現在在美國拍電影。

| 찜질방 | 名蒸氣房、三溫暖<br>類목욕탕,사우나 澡堂 / 桑拿 |
|---|---|

한국 드라마에 자주 나오는 찜질방에 가 보고 싶어요.
我想去看看韓劇裡常出現的蒸氣房。

| **차₁** | 名車 漢車<br>※운전하다 : 開車 |

노트북은 차 안에 있어요.
筆電在車子裡。

| **차₂** | 名茶 漢茶<br>關녹차,홍차,우롱차,유자차<br>　　綠茶 / 紅茶 / 烏龍茶 / 柚子茶 |

무슨 차 마실래요?
你要喝什麼茶？

| **차갑다** | 形冷、涼 類차다 反뜨겁다<br>ㅂ變차갑습니다-차가워요<br>　　-차가웠어요-차가운 |

차가운 음료수를 마시고 싶어요.
我想喝冰飲料。

| **차다** | 形冷、涼 類차갑다<br>變찹니다-차요-찼어요-찬 |

찬물 한 컵 주세요.
請給我一杯冰水。

ㅊ

## 착하다

形 善良
變 착합니다-착해요-착했어요-착한
※마음씨가 착하다 : 心地善良

제 여자 친구는 마음씨도 착하고 아주 예쁘게
생겼어요.
我的女朋友心地善良長得也很漂亮。

## 참

副 真
類 정말,진짜

참 맛있네요.
真好吃耶。

## 참가(하다)

名動 參加 漢 參加~
變 참가합니다-참가해요-참가했어요
　　-참가할 거예요

이번 노래 대회에 참가한 사람은 모두 백 명입니다.
這次參加歌唱比賽的人總共有一百名。

## 창문

名 窗戶
漢 窻門 關 문 門

창문 좀 닫아 주세요.
麻煩幫我關窗戶。

| **찾다** | **動**①尋找、找到 ②領取 ③查<br>**變**찾습니다-찾아요-찾았어요<br>　　-찾을 거예요 |
| --- | --- |

뭘 찾고 있어요?
你在找什麼？

잃어버린 지갑을 찾았어요.
找到遺失的錢包了。

은행에 돈을 찾으러 갑니다.
我去銀行領錢。

사전에서 모르는 단어를 찾고 있어요.
我正在用字典查生字。

| **채팅** | **名**線上聊天<br>**外**chatting |
| --- | --- |

일주일에 한 번 미국에 있는 친구하고 채팅을 합니다.
一星期一次和在美國的朋友線上聊天。

| **책** | **名**書 **漢**冊<br>**關**소설,시,만화,잡지<br>　　小說 / 詩 / 漫畫 / 雜誌<br>※책을 읽다 = 책을 보다 : 看書 |
| --- | --- |

무슨 책을 읽고 있어요?
你正在看什麼書？

제 취미는 책 읽기예요.
我的興趣是閱讀。

ㅊ

| **책상** | 名書桌<br>漢冊床 |

컴퓨터는 <u>책상</u> 위에 있습니다.
電腦在書桌上。

| **처럼** | 助像～一樣 |

미혜 씨는 가수<u>처럼</u> 노래를 아주 잘 불러요.
美惠像歌手一樣很會唱歌。

| **처음** | 名初次、第一次<br>反끝,마지막 |

<u>처음</u> 뵙겠습니다.
初次見面。

한국 여행은 이번이 <u>처음</u>이에요.
這次是第一次來韓國旅行。

| **천** | 數冠【漢字音數字】千<br>漢千 |

1,000원 = <u>천</u> 원
一千韓元

（唸「一千」時，前面不用加「一」，直接唸「千」就好）

| **천천히** | 副慢慢地<br>反빨리 |

<u>천천히</u> 드세요.
請慢用。

## 첫째

冠 名 第一

매월 첫째 주 토요일에 모임이 있습니다.
每月第一週的星期六有聚會。

## 청바지

名 牛仔褲
漢 青~

오늘은 청바지에 흰 티셔츠를 입고 학교에 갔습니다.
今天穿牛仔褲配白T恤去學校了。

## 청소(하다)

名 動 打掃 漢 清掃~
關 (진공)청소기 吸塵器
變 청소합니다-청소해요-청소했어요
　 -청소할 거예요

언니와 같이 방을 청소했습니다.
和姐姐一起打掃了房間。

## 초

名 初
漢 初 關 중순, 말 中旬 / 底

다음 달 초에 남자 친구와 결혼합니다.
下個月初要和男朋友結婚。

## 초대(하다)

名 動 邀請、招待 漢 招待~
關 초대장 邀請書
變 초대합니다-초대해요-초대했어요
　 -초대할 거예요

생일 파티에 누구를 초대할까요?
生日派對要邀請誰呢？

ㅊ

## 초등학교
名國小
漢初等學校 關초등학생 小學生

저는 <u>초등학교</u>에 다니는 동생이 하나 있습니다.
我有一個讀國小的弟弟（妹妹）。

## 초록색
名綠色
漢草綠色 同녹색

<u>초록색</u> 운동화가 참 예쁘네요.
綠色運動鞋真漂亮耶。

## 초콜릿
名巧克力
外chocolate

이 <u>초콜릿</u>은 그렇게 달지 않아요.
這巧克力不會那麼甜。

## 추다
動跳舞
變춥니다-춰요-췄어요-출 거예요

제 남자 친구는 노래도 잘하고 춤도 잘 <u>춰요</u>.
我男友歌唱得好也很會跳舞。

제 취미는 춤<u>추기</u>예요.
我的興趣是跳舞。

## 추석
名中秋節
漢秋夕 關송편 松糕（中秋節食品）

<u>추석</u>은 음력 8월 15일입니다.
中秋節是農曆八月十五日。

**축구**

名足球 漢蹴球
關축구장, 축구 선수, 축구 경기
足球場 / 足球選手 / 足球比賽

수업 후 친구들과 학교 운동장에서 축구를 했어요.
下課後和朋友們在學校運動場玩足球。

**축하하다**

動祝賀、恭喜 漢祝賀～
變축하합니다-축하해요-축하했어요
-축하할 거예요

생일 축하해요.
生日快樂。

**춘천**

名【地名】春川 漢春川
關닭갈비 辣炒雞排（春川的名產）

춘천에 닭갈비 먹으러 갈까요?
要不要去春川吃辣炒雞排？

**출구**

名出口
漢出口 反입구

지하철 3번 출구 앞에서 만나요.
在捷運三號出口前見面吧。

**출국(하다)**

名動出國 漢出國～ 反귀국(하다)
變출국합니다-출국해요-출국했어요
-출국할 거예요

출국 날짜가 언제예요?
出國日期是什麼時候？/ 什麼時候出國？

이번 주 토요일에 출국할 거예요.
這個星期六要出國。

ㅊ

ㅊ

## 출근(하다)

名動上班 漢出勤～ 反퇴근(하다)
關출퇴근 시간 上下班時間
變출근합니다－출근해요－출근했어요
－출근할 거예요

저는 출근 전에 영어 학원에 갑니다.
我上班前去英文補習班。

보통 몇 시에 출근해요?
你通常幾點上班？

## 출발(하다)

名動出發 漢出發～ 反도착(하다)
變출발합니다－출발해요－출발했어요
－출발할 거예요

다음 기차는 7시 출발입니다.
下一班火車七點出發。

내일 몇 시에 출발해요?
明天幾點出發？

## 출장

名出差
漢出張 關해외 출장 國外出差

다음 달에 한국으로 출장을 갑니다.
下個月去韓國出差。

## 춤

名舞蹈 類댄스(dance)
※춤을 추다＝춤추다：跳舞

이 가수는 춤을 아주 잘 춰요.
這歌手很會跳舞。

| **춥다** | 形冷 反덥다<br>ㅂ變 춥습니다-추워요-추웠어요<br>-추운 |
|---|---|

오늘 날씨가 너무 <u>추워요</u>.
今天天氣非常冷。

더운 날씨보다 <u>추운</u> 날씨가 더 싫어요.
比起炎熱的天氣我更討厭寒冷的天氣。

밖이 많이 <u>추우니까</u> 코트를 입고 나가세요.
外面非常冷請穿外套再出去。

| **취미** | 名興趣<br>漢趣味 |
|---|---|

<u>취미</u>가 뭐예요? = 무슨 <u>취미</u>를 가지고 있어요?
你的興趣是什麼？

| **취소(하다)** | 名動取消 漢取消~<br>變 취소합니다-취소해요-취소했어요<br>-취소할 거예요 |
|---|---|

예약을 <u>취소하</u>고 싶은데요.
我想取消預約。

주문 취소
（購物網站上）取消訂購

| **층** | 名樓、層<br>漢層 |
|---|---|

몇 <u>층</u>에 살아요?
你住在幾樓？

ㅊ

### 치과

名 牙科
漢 齒科

제 남편은 치과 의사입니다.
我先生是牙科醫生。

### 치다

動 ①打（網球、高爾夫球等）
　　②彈（鋼琴、吉他等）
變 칩니다 - 쳐요 - 쳤어요 - 칠 거예요

주말마다 아빠하고 테니스를 쳐요.
每個週末和爸爸打網球。

저는 피아노를 잘 칩니다.
我很會彈鋼琴。

### 치마

名 裙子 反 바지
關 청치마, 미니스커트, 원피스
　　牛仔裙 / 迷你裙 / 洋裝

이 치마는 너무 짧은 것 같아요.
這件裙子好像太短了。

### 치약

名 牙膏
漢 齒藥

치약은 어디에 있어요?
牙膏在哪裡？

### 치즈

名 起司、乳酪 外 cheese
關 치즈 케이크 起司蛋糕

라면에 치즈를 넣으면 더 맛있어요.
在泡麵裡放起司更好吃。

| **친구** | 名朋友 漢親舊 |
| | 關남자 친구,여자 친구 男朋友 / 女朋友 |

제 친구는 은행에서 일합니다.
我朋友在銀行上班。

| **친절하다** | 形親切 漢親切~ |
| | 變친절합니다–친절해요–친절했어요 |
| | –친절한 |

이 백화점 직원들은 참 친절하네요.
這家百貨公司的職員們真親切耶。

| **친척** | 名親戚 |
| | 漢親戚 |

설날 연휴 때 친척 집에 갔습니다.
春節連假時去了親戚家。

| **친하다** | 形親密、（關係）要好 漢親~ |
| | 變친합니다–친해요–친했어요–친한 |

미혜는 나의 가장 친한 친구예요.
美惠是我最要好的朋友。

우리 앞으로 친하게 지내요.
我們以後好好地相處吧。

| **칠** | 數冠【漢字音數字】七 |
| | 漢七 |

공중전화를 사용하려면 70원이 필요합니다.
使用公共電話需要七十韓元。

**ㅊ**

| 칠판 | 名黑板 |
| --- | --- |
| | 漢漆板 |

칠판에 이름을 적으세요.
請在黑板上寫名字。

| 침대 | 名床 |
| --- | --- |
| | 漢寢臺 |

동생은 지금 침대에서 자고 있습니다.
弟弟（妹妹）現在在床上睡覺。

| 칫솔 | 名牙刷 |
| --- | --- |
| | 漢齒~ |

칫솔도 가져가야 할까요?
牙刷也要帶去嗎？

ㅋ

| 카드 | 名卡、卡片 外card 關 생일 카드,신용 카드,교통 카드, 카드 게임 生日卡 / 信用卡 / 交通卡 / 紙牌遊戲 |

친구에게 줄 생일 카드를 쓰고 있어요.
我正在寫要給朋友的生日卡片。

신용 카드를 잃어버렸어요.
弄丟了信用卡。

| 카레 | 名咖哩 外curry 關 카레라이스(curry＋rice) 咖哩飯 |

점심으로 카레라이스를 먹었습니다.
吃了咖哩飯當午餐。

| 카메라 | 名照相機、攝影機 外camera 關 디지털 카메라 數位相機 |

아버지께서 생일 선물로 카메라를 사 주셨어요.
爸爸買給我相機當生日禮物。

| 칼 | 名刀 關 부엌칼 菜刀 |

과일 깎는 칼 있어요?
有削水果的刀子嗎？

## 캐나다

名加拿大
外Canada

저는 <u>캐나다</u>에서 왔습니다.
我從加拿大來的。

## 커피

名咖啡 外coffee
關블랙커피,모카커피,카페라테
黑咖啡 / 摩卡咖啡 / 拿鐵

<u>커피</u> 한 잔 하시겠어요?
要喝一杯咖啡嗎？

## 커피숍

名咖啡廳
外coffee shop 同카페(café)

<u>커피숍</u>에서 친구를 만났습니다.
在咖啡廳和朋友見面了。

## 컴퓨터

名電腦 外computer
關컴퓨터실,노트북 電腦室 / 筆電

저는 일 때문에 하루 종일 <u>컴퓨터</u>를 사용해요.
因為工作我整天要使用電腦。

## 컵

名①杯子 ②【量詞】杯
外cup 類잔

우유 한 <u>컵</u> 주세요.
請給我一杯牛奶。

ㅋ

## 케이크

名 蛋糕　外 cake
關 치즈 케이크,초콜릿 케이크
起司蛋糕 / 巧克力蛋糕

오늘이 친구 생일이어서 케이크를 샀어요.
今天是朋友的生日所以買了蛋糕。

## 켜다

動 開、啟動（燈、電視等）反 끄다
變 켭니다-켜요-켰어요-켤 거예요

텔레비전 좀 켜 주세요.
麻煩你幫我開電視。

## 켤레

名【量詞】雙（鞋子、襪子等）
類 쌍

이 양말 한 켤레에 2,000원이에요.
這襪子一雙兩千元。

## 코

名 鼻子
關 코피,콧물 鼻血 / 鼻涕

운동 중에 코를 다쳤어요.
運動時鼻子受傷了。

## 코트

名 冬天大外套
外 coat

이 코트는 아주 비싸 보여요.
這件冬天大外套看起來非常貴。

**코피**

名鼻血
※코피가 나다：流鼻血

요즘 너무 피곤해서 코피가 자주 나요.
最近非常累所以常常流鼻血。

**콘서트**

名演唱會
外concert

어제 슈퍼주니어 콘서트에 갔는데 너무
재미있었어요.
昨天去了Super Junior的演唱會非常好玩。

ㅋ

**콜라**

名可樂
外cola

피자를 먹으면서 콜라를 마셔요.
邊吃披薩邊喝可樂。

**크다**

形①大 ②（個子）高 反작다
으變큽니다-커요-컸어요-큰

제 방은 크지 않습니다.
我的房間不大。

저는 키가 큰 남자가 좋아요.
我喜歡個子高的男生。

**크리스마스**

名聖誕節
外christmas

메리 크리스마스！
聖誕節快樂！

크리스마스날 뭐 할 거예요?
聖誕節那天你要做什麼？

| 키 | 名身高、個子<br>※키가 크다：個子高<br>　키가 작다：個子矮 |

제 친구 미혜는 키가 아주 커요.
我朋友美惠個子很高。

A)키가 몇이에요? B)제 키는 160cm예요.
A)你身高多少？B)我的身高一六○公分。

| 키우다 | 動養、養育<br>關강아지,고양이,새,물고기<br>　小狗 / 貓 / 鳥 / 魚<br>變키웁니다－키워요－키웠어요<br>　－키울 거예요 |

저도 강아지를 키우고 싶어요.
我也想養小狗。

**E**

| 타다 | 動搭乘、坐（車）反내리다<br>關차,택시,버스,지하철,기차,비행기<br>車 / 計程車 / 巴士 / 捷運 /<br>火車 / 飛機<br>變탑니다-타요-탔어요-탈 거예요 |

버스를 탑니다.
搭公車。

기차를 타러 서울역에 갑니다.
去首爾站搭火車。

| 타이베이 | 名台北<br>外Taipei 同타이페이 |

저는 대만 타이베이에 살고 있습니다.
我住在台灣台北。

| 탁자 | 名桌子<br>漢桌子 類테이블 關식탁 餐桌 |

거실 탁자 위에 전화기가 있어요.
電話在客廳桌子上。

## 태권도

名 跆拳道
漢 跆拳道

어렸을 때 태권도를 배웠어요.
我小時候學了跆拳道。

## 태어나다

動 出生 反 죽다
變 태어납니다- 태어나요- 태어났어요
- 태어날 거예요

제 딸은 12월에 태어났습니다.
我的女兒是十二月出生的。

## 택시

名 計程車
外 taxi

시간이 없으니까 택시 타고 갑시다.
因為沒有時間所以搭計程車去吧。

## 탤런트

名 (電視劇) 演員
外 talent 類 배우

이 탤런트는 연기를 잘 못해요.
這位演員演技不太好。

## 테니스

名 網球
外 tennis 關 테니스장 網球場

테니스는 언제부터 배웠어요?
你從什麼時候開始學打網球？

## 테이블

名桌子
外table 類탁자

꽃병은 테이블 위에 있습니다.
花瓶在桌上。

## 텔레비전

名電視
外television
同TV（有時直接使用英文字母表示）

텔레비전을 봐요. = TV를 봐요.
看電視。

저녁을 먹은 후 텔레비전을 봤습니다.
吃晚餐後看了電視。

ㅌ

## 토끼

名兔子

예전에 토끼를 키운 적이 있어요.
我以前養過兔子。

## 토마토

名番茄
外tomato

시장에서 토마토 다섯 개를 샀어요.
在市場買了五顆番茄。

## 토요일

名星期六
漢土曜日

토요일에 남자 친구하고 영화를 보러 갔어요.
星期六和男朋友去看電影。

## 통화(하다)

名 動 通電話 漢 通話~ 類 전화(하다)
變 통화합니다 - 통화해요 - 통화했어요
- 통화할 거예요

부장님께서는 지금 통화중이십니다.
部長現在正在通電話中。

내일 또 통화합시다.
我們明天再通一次電話吧。

## 퇴근(하다)

名 動 下班 漢 退勤~ 反 출근(하다)
變 퇴근합니다 - 퇴근해요 - 퇴근했어요
- 퇴근할 거예요

우리 퇴근 후에 영화 보러 갈까요?
我們下班後要不要去看電影？

저는 보통 여섯 시쯤에 퇴근해요.
我通常六點左右下班。

## 퇴원(하다)

名 動 出院 漢 退院~ 反 입원(하다)
變 퇴원합니다 - 퇴원해요 - 퇴원했어요
- 퇴원할 거예요

퇴원 날짜가 언제예요?
出院的日子是什麼時候？

언제 퇴원해요?
什麼時候出院？

## 특별하다

形 特別 漢 特別~
變 특별합니다 - 특별해요 - 특별했어요
- 특별한

여자 친구를 위해서 특별한 선물을 준비했습니다.
為了女朋友準備了特別的禮物。

## 특별히

副 特別地
漢 特別~　類 특히

특별히 좋아하는 한국 음식이 있어요?
有特別喜歡的韓國料理嗎？

## 특히

副 特別地
漢 特~　類 특별히

저는 한국 음식 중에서 삼계탕을 특히 좋아해요.
韓國料理中我特別喜歡人參雞湯。

## 틀리다

動 不對、錯 反 맞다
變 틀립니다–틀려요–틀렸어요
–틀릴 거예요

다음 중 틀린 것을 고르세요.
（題目）請選出下面中錯誤的（句子、單字等）。

## 티셔츠

名 T恤 外 T-shirts
關 긴팔 티셔츠,반팔 티셔츠
長袖T恤 / 短袖T恤

오늘은 날씨가 더워서 반팔 티셔츠를 입었습니다.
今天天氣熱所以穿了短袖T恤。

## 팀

名 隊、組
外 team

우리 팀이 이겼으면 좋겠어요.
希望我們隊贏。

ㅌ

## 파란색

名藍色
漢~色

저는 색깔 중에서 파란색을 제일 좋아해요.
顏色中我最喜歡藍色。

## 파리

名巴黎
外Paris

파리에서 찍은 사진 좀 보여 주세요.
請給我看你在巴黎照的照片。

## 파마(하다)

名動燙頭髮 外permanent
關파마머리,곱슬머리,생머리,
　긴 머리,짧은 머리
　燙髮 / 自然捲 / 直髮 / 長髮 / 短髮
變파마합니다 – 파마해요 – 파마했어요
　– 파마할 거예요

내일 파마하러 미장원에 갈 거예요.
明天要去美容院燙頭髮。

언니는 파마머리가 잘 어울려요.
姐姐很適合燙頭髮。

## 파출소

名 派出所
漢 派出所 類 경찰서

파출소는 편의점 맞은편에 있습니다.
派出所在便利商店對面。

## 파티

名 派對 外 party
※파티를 하다＝파티를 열다：開派對

어제 우리 집에서 생일 파티를 했습니다.
昨天在我家裡開生日派對。

## 팔₁

名 手臂
反 다리

태권도 연습 중에 팔을 다쳤습니다.
練習跆拳道時手臂受傷了。

ㅍ

## 팔₂

數 冠 【漢字音數字】八
漢 八

우리 집은 현대아파트 8동 1004호예요.
我家是現代公寓八棟一〇〇四號。

## 팔다

動 賣、售 反 사다
ㄹ變 팝니다－팔아요－팔았어요
－팔 거예요

여기 휴지 팔아요?
這裡有賣面紙（衛生紙）嗎？

제 친구는 시장에서 과일을 팝니다.
我朋友在市場賣水果。

## 팩스

名傳真
外fax

회사 <u>팩스</u> 번호가 어떻게 돼요?
你公司傳真號碼幾號？

## 팬

名粉絲、～迷 外fan
關팬클럽(fan club) 粉絲俱樂部

저는 '슈퍼주니어'의 <u>팬</u>이에요.
我是Super Junior的粉絲。

## 편리하다

形便利、方便 漢便利～
類편하다 反불편하다
變편리합니다-편리해요-편리했어요
　-편리한

교통이 <u>편리해요</u>. = 교통이 편해요.
交通方便。

## 편의점

名便利商店
漢便宜店

<u>편의점</u>에 아르바이트를 하러 갑니다.
我去便利商店打工。

## 편지

名信
漢便紙

<u>편지</u>를 보냈어요. ←→ <u>편지</u>를 받았어요.
信寄了。←→ 收到信。

외국에 살고 있는 친구에게 <u>편지</u>를 썼어요.
我寫了信給住在國外的朋友。

| 편찮으시다 | 動不舒服、生病；「아프다」的敬語<br>類아프다,아프시다<br>變편찮으십니다－편찮으세요<br>－편찮으셨어요－편찮으실 거예요 |

할머니, 어디가 편찮으세요? = 어디가 아프세요?
奶奶，您哪裡不舒服？

| 편하다 | 形①方便 ②舒服 漢便～<br>類편리하다 反불편하다<br>變편합니다－편해요－편했어요－편한 |

교통이 좀 더 편한 곳으로 이사가고 싶어요.
我想搬到交通更方便的地方。

내일은 등산해야 하니까 편한 신발을 신고 오세요.
明天要去登山所以請穿舒服的鞋子來。

**ㅍ**

| 평일 | 名平日<br>漢平日 反주말 |

이 가게는 평일 오전 9시부터 오후 5시까지 문을
엽니다.
這家店平日早上九點到下午五點營業。

| 포도 | 名葡萄<br>漢葡萄 |

저는 사과보다 포도가 더 좋아요.
比起蘋果我更喜歡葡萄。

| 포장(하다) | 名動 ① 包裝 ② 打包 漢 包裝～<br>變 포장합니다 - 포장해요 - 포장했어요<br>- 포장할 거예요 |
|---|---|

이거 선물용 포장해 주세요.
麻煩幫我包裝成禮物。

남은 음식은 포장해 주세요.
剩下的食物請幫我打包。

| 표 | 名票 漢票<br>關 영화표, 콘서트표 電影票 / 演唱會票 |
|---|---|

요즘 영화표 한 장에 얼마예요?
最近電影票一張多少錢?

| 프랑스 | 名法國<br>外 France 關 파리 巴黎 |
|---|---|

프랑스에서 유학할 때 지금의 남자 친구를 만났어요.
在法國留學時認識了現在的男朋友。

| 프로그램 | 名節目 外 program<br>關 TV 프로그램, 예능 프로그램<br>電視節目 / 綜藝節目 |
|---|---|

한국의 예능 프로그램은 아주 재미있습니다.
韓國的綜藝節目非常好看。

| 피 | 名血 關 코피 鼻血<br>※ 피가 나다 : 流血 |
|---|---|

손을 다쳐서 피가 나요.
手受傷流血。

ㅍ

## 피곤하다

形 累、疲勞、疲倦 漢 疲困~
變 피곤합니다-피곤해요-피곤했어요
-피곤한

많이 피곤해 보여요.
你看起來非常疲倦。

어제는 너무 피곤해서 집에 일찍 갔어요.
我昨天太累了所以早一點回家。

## 피다

動 開（花）
變 핍니다-펴요-폈어요-필 거예요
※꽃이 피다：開花

벚꽃은 4월 초에 핍니다.
櫻花四月初開。

## 피부

名 皮膚
漢 皮膚

피부가 좋아요. = 피부가 고와요.
皮膚很好。/ 皮膚很細。

## 피시방

名 網咖（通常寫成「PC방」）
漢+外 PC房

가끔 친구들과 PC방에 인터넷 게임을 하러 갑니다.
偶爾和朋友們去網咖玩線上遊戲。

## 피아노

名 鋼琴 外 piano
※피아노를 치다：彈鋼琴

피아노 칠 수 있어요?
你會彈鋼琴嗎？

ㅍ

| 피우다 | 動抽（菸）<br>變피웁니다－피워요－피웠어요<br>－피울 거예요<br>※담배를 피우다：抽菸 |
|---|---|

여기에서는 담배를 피우면 안 됩니다.
不可以在這裡抽菸。

| 피자 | 名披薩<br>外pizza |
|---|---|

저는 피자를 별로 안 좋아해요.
我不太喜歡披薩。

| 필요(하다) | 名形必要、需要<br>漢必要～ 反필요 없다<br>變필요합니다－필요해요－필요했어요<br>－필요한 |
|---|---|

더 필요한 거 없으세요?
（店員、服務生常講）還需要什麼嗎？

필요해요. ←→ 필요 없어요.
需要。←→ 不需要。

| 필통 | 名筆盒 |
|---|---|

필통 안에는 볼펜, 연필, 지우개가 있습니다.
筆盒裡面有原子筆、鉛筆、橡皮擦。

ㅍ

| 하고 | 助 和、跟<br>類 랑,이랑,와,과 |

내일 누구하고 같이 영화를 볼 거예요?
明天要和誰一起去看電影？

| 하나 | 數 名【純韓文數字】① 一 ② 一個<br>類 한 |

저는 여동생이 하나 있습니다.
我有一個妹妹。

여기요, 삼계탕 하나 주세요.
（點菜）這裡……請給我一個人參雞湯。

| 하늘 | 名 天空 |

가을 하늘은 참 맑습니다.
秋天的天空真晴朗。

ㅎ

## 하다

**動** 做
**變** 합니다-해요-했어요-할 거예요

어제 뭐 했어요?
你昨天做了什麼？

지금 뭐 하고 있어요?
你現在在做什麼？

내일 뭐 할 거예요?
你明天要做什麼？

## 하루

**名** 一天
※하루 종일：一整天

보통 하루에 커피를 몇 잔 마시세요?
你通常一天喝幾杯咖啡？

일요일에는 하루 종일 잠만 잤어요.
星期日我睡了一整天。

## 하숙집

**名** 寄宿家庭（租房）
**漢** 下宿~

하숙집 아주머니께서 매일 저녁 식사를 준비해
주십니다.
寄宿家庭的阿姨每天準備晚餐給我們。

## 하얀색

**名** 白色
**同** 흰색

하얀색 양말 하나, 검은색 양말 하나 주세요.
（買東西）我要一雙白色、一雙黑色的襪子。

ㅎ

311

## 하지만

副 可是、但是
類 그렇지만

어제 친구 집에 갔어요. 하지만 친구를 못 만났어요.
→ 어제 친구 집에 갔지만 친구를 못 만났어요.
昨天去了朋友家，但是沒有見到朋友

## 학교

名 學校  漢 學校
關 초등학교, 중학교, 고등학교, 대학교,
대학원
國小 / 國中 / 高中 / 大學 / 研究所

저는 대학교에 다닙니다.
我在上大學。

## 학년

名 年級
漢 學年

고등학교 몇 학년이에요?
你是高中幾年級？

## 학생

名 學生
漢 學生  反 선생님

학생들이 교실에서 열심히 공부하고 있어요.
學生們在教室裡用功學習。

## 학원

名 補習班
漢 學院

학원에서 한국어를 배웁니다.
在補習班學習韓語。

ㅎ

| 한 | 名【純韓文數字】一<br>（後方直接接量詞時）<br>類 하나 |

서점에서 잡지 한 권을 샀어요.
在書店買了一本雜誌。

| 한강 | 名 漢江<br>漢 漢江 |

우리 한강공원에 자전거 타러 갈까요?
我們要不要去漢江公園騎腳踏車？

| 한국 | 名 韓國<br>漢 韓國 同 대한민국 關 서울 首爾 |

한국에 온 적 있어요?
你有來過韓國嗎？

| 한국말 | 名 韓語、韓文<br>漢 韓國～ 類 한국어 |

한국말 참 잘하시네요.
你韓語說得真好。

| 한국어 | 名 韓語、韓文<br>漢 韓國語 類 한국말 |

저는 한국 드라마를 좋아해서 한국어를 배우고
있어요.
因為喜歡韓劇所以我正在學韓文。

ㅎ

## 한글 名韓國字

한글은 배우기 쉽습니다.
韓國字學習起來很容易。

## 한번 名一次（強調「試試看」的意思）
漢~番

이 옷 한번 입어 봐도 돼요?
這件衣服可以試穿嗎？

## 한복 名韓服
漢韓服

설날, 추석, 결혼식 등 특별한 날에 한복을 입습니다.
在新年、中秋節、結婚典禮等特別的日子會穿韓服。

## 한식집 名韓國料理餐廳
漢韓食~

한식집에서 불고기와 돌솥비빔밥을 먹었습니다.
在韓國料理餐廳吃了銅板烤肉和石鍋拌飯。

ㅎ

## 한자 名漢字
漢漢字

적지 않은 한국어 단어가 한자로 적을 수 있습니다.
不少的韓文單字可以用漢字寫。

## 한테

助①給 ②對~而言
類에게,께

어제 친구한테 생일 선물을 줬어요.
昨天送朋友生日禮物。

어느 옷이 나한테 더 잘 어울려요?
哪一件衣服比較適合我？

## 한테서

助從
類에게서

어제 친구한테서 편지를 받았어요.
昨天從朋友那收到信。

## 할머니

名奶奶、老太太
反할아버지 關외할머니 外婆

저희 할머니께서는 작년에 돌아가셨습니다.
我奶奶去年過世了。

## 할아버지

名爺爺、老先生
反할머니 關외할아버지 外公

내일 아침에 할아버지 댁에 가려고 합니다.
我明天早上要去爺爺家。

## 할인

名折扣、打折
漢割引

이 상품은 20% 할인 중입니다.
這商品打八折中。

ㅎ

## 함께

副 一起
類 같이

여름 방학 때 가족과 함께 일본으로 여행을 갔습니다.
暑假時跟家人去了日本旅行。

## 항상

副 總是、經常
漢 恒常 類 언제나,늘

크리스마스는 항상 가족들과 함께 지냅니다.
聖誕節總是和家人一起渡過。

## 해₁

名 年
※ 해마다 : 每年

올해는 호랑이의 해입니다.
今年是虎年。

## 해₂

名 ①太陽 ②白天 類 태양 反 달
※ 햇볕이 강하다 : 太陽很大

햇볕이 너무 강해서 양산을 썼어요.
太陽很大所以撐了陽傘。

여름에는 해가 길어요.
夏天白天很長。

## 해산물

名 海鮮 漢 海產物
關 생선,오징어,조개,새우,게
魚 / 魷魚 / 蛤蜊 / 蝦 / 螃蟹

해산물 중에서 제일 좋아하는 게 뭐예요?
海鮮中最喜歡的是什麼?

ㅎ

## 해외여행

名 國外旅遊、出國旅行
漢 海外旅行 同 외국 여행

내년에는 해외여행을 꼭 가 보고 싶어요.
明年我很想去國外旅遊。

## 핸드백

名 (女生) 手提包
外 hand bag

이 핸드백은 예쁘지만 너무 비싸네요.
這手提包雖然很漂亮但是太貴了。

## 핸드폰

名 手機
外 hand phone
同 휴대폰,휴대전화,이동전화

핸드폰으로 사진도 찍고 인터넷도 할 수 있습니다.
用手機可以照相也可以上網。

## 햄버거

名 漢堡
外 hamburger 關 맥도날드 麥當勞

우리 햄버거 먹으러 갈까요?
我們要不要去吃漢堡?

## 행복(하다)

名 形 幸福 漢 幸福~
變 행복합니다- 행복해요- 행복했어요
    - 행복한

행복하세요.
祝你幸福。

오늘도 행복한 하루 되세요.
祝你有幸福的一天。

## 향수

名香水
漢香水

여자 친구에게 향수를 선물했습니다.
我送女朋友香水當禮物。

## 허리

名腰

허리가 너무 아파서 병원에 갔습니다.
我的腰非常痛所以去了醫院。

## 헤어지다

動（和朋友）分開、（和男女朋友）
分手 反 사귀다
變 헤어집니다 - 헤어져요 - 헤어졌어요
- 헤어질 거예요

어제 친구하고 몇 시에 헤어졌어요?
你昨天和朋友幾點分開的？

저번 주에 남자친구하고 헤어졌어요.
上星期和男朋友分手了。

## 형

名哥哥（男生叫的）
漢兄 類 오빠

우리 형은 대학생입니다.
我哥哥是大學生。

## 호

名【量詞】號
漢號

우리 교실은 704호예요.
我們的教室是七○四號。

ㅎ

| 호주 | 名澳洲 |
| --- | --- |
| | 漢濠洲 回오스트레일리아(Australia) |

호주로 유학 가고 싶어요.
我想去澳洲留學。

| 호텔 | 名飯店 外hotel |
| --- | --- |
| | 關여관, 민박＝게스트 하우스 |
| | 旅館 / 民宿 |

공항에서 호텔까지 택시로 갔어요.
從機場到飯店搭計程車去了。

| 혼자 | 名自己、單獨 |
| --- | --- |

저는 혼자 여행하는 것을 좋아합니다.
我喜歡單獨旅行。

| 홍차 | 名紅茶 |
| --- | --- |

홍차 마실래요? 녹차 마실래요?
你要喝紅茶？還是要喝綠茶？

| 홍콩 | 名香港 |
| --- | --- |
| | 外Hong Kong |

홍콩은 쇼핑하기 좋은 곳입니다.
香港是逛街的好地方。

ㅎ

| 화 | 名生氣 漢火 |
| --- | --- |
| | ※화가 나다：生氣 |

친구가 화가 많이 났어요.
我朋友非常生氣。

화났어요?
你生氣了嗎？

| 화내다 | 動生氣、發脾氣 漢火～ |
| --- | --- |
| | 變화냅니다-화내요-화냈어요 |
| | -화낼 거예요 |

화내지 마세요.
請不要生氣。

| 화요일 | 名星期二 |
| --- | --- |
| | 漢火曜日 |

매주 화요일 저녁에 한국어 수업이 있어요.
每星期二晚上有韓文課。

| 화장(하다) | 名動化妝 漢化粧～ |
| --- | --- |
| | 變화장합니다-화장해요-화장했어요 |
| | -화장할 거예요 |

저는 대학교 3학년 때부터 화장을 했어요.
我從大三開始化妝。

화장하면 더 예뻐 보여요.
化妝的話看起來更漂亮。

ㅎ

## 화장실

名 洗手間、廁所
漢 化粧室

여자 화장실은 2층에 있습니다.
女廁所在二樓。

## 화장품

名 化妝品、保養品
漢 化粧品

이 화장품 한번 써 보세요.
請使用看看這個化妝品。

## 확인(하다)

名 動 確認 漢 確認～
變 확인합니다 - 확인해요 - 확인했어요
    - 확인할 거예요

확인해 보세요.
請確認看看。

이메일 아직 확인 못 했어요.
我還沒確認電子郵件。

## 환자

名 病人
漢 患者

저 환자는 내일 퇴원할 거예요.
那個病人明天要出院。

## 회사

名 公司 漢 會社
關 회장,사장,부장,과장,대리,직원
    會長 / 社長 / 部長 / 課長 / 代理 / 職員
    (韓國一般公司裡的職位)

어느 회사에 다녀요?
你在哪家公司上班?

## 회사원
名 上班族
漢 會社員

저는 회사원입니다.
我是上班族。

## 회원
名 會員
漢 會員

회원 카드가 있으면 영화를 더 싸게 볼 수 있습니다.
有會員卡的話看電影更便宜。

## 회의(하다)
名 動 會議 漢 會議~
變 회의합니다 – 회의해요 – 회의했어요
     – 회의할 거예요

회의는 몇 시부터예요?
會議幾點開始？

회의할 때는 핸드폰을 꺼 주세요.
開會時請把手機關掉。

## 후
名 後
漢 後 反 전

수업 후에 뭐 할 거예요?
你下課後要做什麼？

저는 보통 세수를 한 후에 이를 닦습니다.
我通常洗臉後刷牙。

저는 보통 이를 닦은 후에 세수를 합니다.
我通常刷牙後洗臉。

## 후배

名 後輩、學弟、學妹
漢 後輩 反 선배

여자 친구가 아니라 학교 후배예요.
不是女朋友而是學校後輩（學妹）。

## 휴가

名 休假（上班族放的假）
漢 休暇 類 방학
關 여름 휴가, 설날 연휴
　　夏天休假 / 春節連休

이번 휴가 때 뭐 할 거예요?
你這次休假時要做什麼？

## 휴대전화

名 手機
漢 携帶電話
同 휴대폰, 핸드폰, 이동전화

얼마 전 50만원짜리 휴대전화를 샀어요.
不久前買了五十萬韓元的手機。

## 휴일

名 假日（包含星期天與公休日）
漢 休日 關 공휴일 公休日

내일은 휴일이어서 출근을 안 해요.
明天是假日所以不上班。

ㅎ

| 휴지 | 名① 面紙、衛生紙<br>② 用過的面紙、廢紙、垃圾<br>漢休紙 類쓰레기 |

화장실에 휴지가 없어요.
廁所沒有衛生紙。

휴지는 저기에 있는 휴지통에 버리세요.
衛生紙請丟在那邊的垃圾桶。

| 휴지통 | 名垃圾桶<br>漢休紙桶 類쓰레기통 |

휴지통은 문 뒤에 있습니다.
垃圾桶在門後面。

| 흐리다 | 形①（天氣）陰<br>②（水）混濁、模糊不清<br>反맑다<br>變흐립니다-흐려요-흐렸어요-흐린 |

내일도 흐린 날씨가 계속되겠습니다.
（氣象報告）明天也會繼續是陰天。

물이 흐려서 물고기가 보이지 않아요.
水混濁所以看不到魚。

| 흰색 | 名白色<br>漢～色 同하얀색 |

오늘은 흰색 티셔츠를 입을래요.
今天我要穿白色T恤。

**힘들다**  形吃力、辛苦
ㄹ變 힘듭니다 – 힘들어요
– 힘들었어요 – 힘든

이 일은 조금 힘들지만 재미있어요.
這份工作有一點辛苦但是很有趣。

ㅎ

# 附錄

　　韓文唸數字的方法分為二種，一種是來自漢字的
說法（本書標示為「漢字音數字」），另一種是用純
粹韓文的說法（本書標示為「純韓文數字」）。

### 漢字音數字

| 1 | 일 | 2 | 이 | 3 | 삼 | 4 | 사 | 5 | 오 |
|---|---|---|---|---|---|---|---|---|---|
| 6 | 육 | 7 | 칠 | 8 | 팔 | 9 | 구 | 10 | 십 |

| 11 | 십일 | 12 | 십이 | 13 | 십삼 | 14 | 십사 | 15 | 십오 |
|---|---|---|---|---|---|---|---|---|---|
| 16 | 십육 | 17 | 십칠 | 18 | 십팔 | 19 | 십구 | 20 | 이십 |

| 10 | 십 | 20 | 이십 | 30 | 삼십 | 40 | 사십 | 50 | 오십 |
|---|---|---|---|---|---|---|---|---|---|
| 60 | 육십 | 70 | 칠십 | 80 | 팔십 | 90 | 구십 | 100 | 백 |

| 一百 | 백 | 一千 | 천 | 一萬 | 만 | 一億 | 억 |
|---|---|---|---|---|---|---|---|

### 用法

年度，日期，價錢，幾分（時間），電話號碼，樓
層，哪棟幾號（住址），頁數，年級，公制等。

★ 년（年）

唸年度時，數字的部分不能分開唸，中間的零不要唸出來。

例 2010年 → 이천십 년

★ 월（月）

唸月份時，數字後方加「월」這個字就行。但六月和十月是例外如下。

例 6月 → 유월 / 10月 → 시월

★ 일（日）

唸日期時，數字後方加「일」這個字就行。

例 2010年3月17日 → 이천십 년 삼월 십칠 일

★ 원（韓元）

注意！唸數字10、100、1,000、10,000時，前面不用加「一」，直接唸「十、百、千、萬」就好，價錢中間的零也不用唸出來。

例 15,000元 → 만오천 원 / 10,500元 → 만오백 원

★ 전화번호（電話號碼）

數字都要分開唸，電話號碼裡的零要唸「공」，韓國人習慣電話號碼中間加符號「－」，然後唸成「에」。

例 02-1234-8765 → 공이(에) 일이삼사(에) 팔칠육오

★ 층（樓）

例 9樓 → 구 층


★ 동（棟）

韓國的大廈公寓通常會取「數字，英文字母，或韓文基本字」表示第幾棟。

例 1동,2동,3동…… → 일 동, 이 동, 삼 동……

A동, B동 , C동……

가 동, 나 동, 다 동……


★ 호（號）

數字的部分不能分開唸，中間的零都不要唸出來。

例 1004號 → 천사 호


★ 쪽（頁）

例 58頁 → 오십팔 쪽


★ 학년（年級）

例 大學 2年級 → 대학교 이 학년


※時間說法 → 請參考第336頁

| 公制 | 韓文說法 | 外來語 | 中文翻譯 |
|------|----------|--------|----------|
| cm | 센티미터<br>簡 센티 | centimeter | 公分 |
| m | 미터 | meter | 公尺 |
| km | 킬로미터<br>簡 킬로 | kilometer | 公里 |
| g | 그램 | gram | 公克 |
| kg | 킬로그램<br>簡 킬로 | kilogram | 公斤 |
| % | 퍼센트<br>簡 프로 | percent | 百分率<br>（百分之～） |

例 ★170cm → 백칠십 센티미터 = 백칠십 센티

★100m → 백 미터

★2km → 이 킬로미터 = 이 킬로

★300g → 삼백 그램

★50kg → 오십 킬로그램 = 오십 킬로

★100% → 백 퍼센트 = 백 프로

## 純韓文數字

| 1 | 하나<br>（한） | 2 | 둘<br>（두） | 3 | 셋<br>（세） | 4 | 넷<br>（네） |
|---|---|---|---|---|---|---|---|
| 5 | 다섯 | 6 | 여섯 | 7 | 일곱 | 8 | 여덟 |
| 9 | 아홉 | 10 | 열 | 11 | 열하나<br>（열한） | … | … |

| 20 | 스물<br>（스무） | 30 | 서른 | 40 | 마흔 | 50 | 쉰 |
|---|---|---|---|---|---|---|---|
| 60 | 예순 | 70 | 일흔 | 80 | 여든 | 90 | 아흔 |

## 用法

年紀，次數，數量、份量，幾點（時間）等

注意！數字1,2,3,4,20有兩種說法如上，當這些數字後方直接接單位、量詞時，必須要使用括號裡的說法。

例 20歲 → 스무 살 / 21歲 → 스물한 살

| 量詞 | 中文翻譯 | 例子 |
|---|---|---|
| 살 | 歲 | 열아홉 살<br>十九歲 |
| 번 | 次 | 한 번<br>一次 |
| 명 | 名、（幾個）人 | 학생 두 명<br>兩個學生 |
| 사람 | 名、（幾個）人 | 여러 사람<br>好幾個人 |
| 분 | 位 | 선생님 다섯 분<br>五位老師 |
| 개 | 個、顆 | 사과 열 개<br>十顆蘋果 |
| 마리 | 隻（動物）、<br>條（魚） | 강아지 다섯 마리<br>五隻小狗 |
| 잔 | 杯 | 커피 한 잔<br>一杯咖啡 |
| 컵 | 杯 | 물 한 컵<br>一杯水 |
| 장 | 張 | 종이 일곱 장<br>七張紙 |
| 권 | 本 | 책 세 권<br>三本書 |

| 量詞 | 中文翻譯 | 例子 |
|------|----------|------|
| 자루 | 枝 | 볼펜 열두 자루<br>十二枝原子筆 |
| 벌 | 件 | 옷 여덟 벌<br>八件衣服 |
| 병 | 瓶 | 콜라 네 병<br>四瓶可樂 |
| 대 | 台 | 컴퓨터 여섯 대<br>六台電腦 |
| 쌍 | 雙、對、副 | 젓가락 한 쌍<br>一雙筷子 |
| 켤레 | 雙<br>（鞋子、襪子等） | 신발 다섯 켤레<br>五雙鞋子 |
| 그릇 | 碗 | 밥 세 그릇<br>三碗飯 |
| 박스 | 箱 | 라면 스무 박스<br>二十箱泡麵 |
| 상자 | 盒、箱 | 배 두 상자<br>兩箱梨子 |
| 근 | （台）斤 | 돼지고기 네 근<br>四斤豬肉 |
| 봉지 | 袋、包 | 과자 열 봉지<br>十包餅乾 |
| 송이 | 朵 | 장미 백 송이<br>一百朵玫瑰 |

※注意！下面量詞則要接「漢字音數字」。

| 인분 | 人份 | 불고기 일 인분<br>一人份銅盤烤肉 |
|------|------|------------------|

時間說法

```
            □點                    □分

  純韓文數字        시     漢字音數字       분
   第332頁                第328頁
```

| 1點 | 한 시 | 2點 | 두 시 | 3點 | 세 시 |
|---|---|---|---|---|---|
| 4點 | 네 시 | 5點 | 다섯 시 | 6點 | 여섯 시 |
| 7點 | 일곱 시 | 8點 | 여덟 시 | 9點 | 아홉 시 |
| 10點 | 열 시 | 11點 | 열한 시 | 12點 | 열두 시 |

例 2點15分 → 두 시 십오 분
　　4點30分 → 네 시 삼십 분
　　　　　　 = 4點半 → 네 시 반
　　6點55分 → 여섯 시 오십오 분
　　　　　　 = 7點差5分 → 일곱 시 오 분 전
　　8點50分 → 여덟 시 오십 분
　　　　　　 = 9點差10分 → 아홉 시 십 분 전
　　9點整　 → 아홉 시 정각

| 봄<br>春 | 여름<br>夏 | 가을<br>秋 | 겨울<br>冬 |
|---|---|---|---|

**時間推移**

| 새벽<br>凌晨、清晨 | 아침<br>早上 | 점심<br>中午 | 저녁<br>晚上 |
|---|---|---|---|
| 낮<br>白天 | 밤<br>晚上、夜晚 | 오전<br>上午 | 오후<br>下午 |

| 그저께<br>前天 | 어제<br>昨天 | 오늘<br>今天 | 내일<br>明天 | 모레<br>後天 |
|---|---|---|---|---|

| 지지난주 = 저저번 주<br>上上星期 | | 지난주 = 저번 주<br>上星期 | |
|---|---|---|---|
| 이번 주<br>這星期 | | | |
| 다음 주<br>下星期 | | 다다음 주<br>下下星期 | |

| 지지난달 = 저저번 달<br>上上個月 | 지난달 = 저번 달<br>上個月 |
|---|---|
| 이번 달<br>這個月 | |
| 다음 달<br>下個月 | 다다음 달<br>下下個月 |

| 재작년<br>前年 | 작년<br>去年 | 올해<br>今年 | 내년<br>明年 | 내후년<br>後年 |
|---|---|---|---|---|

### 每～

| 中文 | 매～ | ～마다 |
|---|---|---|
| 每日 | 매일 | 날마다 |
| 每天早上 | 매일 아침 | ( 매일 ) 아침마다 |
| 每天晚上 | 매일 저녁 | ( 매일 ) 저녁마다 |
| 每週 | 매주 | 주마다 |
| 每月 | 매월 / 매달 | 달마다 |
| 每年 | 매년 / 매해 | 해마다 |

| 월요일<br>星期一 | 화요일<br>星期二 | 수요일<br>星期三 | 목요일<br>星期四 |
|---|---|---|---|
| 금요일<br>星期五 | 토요일<br>星期六 | 일요일<br>星期日 | 무슨 요일<br>星期幾 |

| 일월<br>一月 | 이월<br>二月 | 삼월<br>三月 | 사월<br>四月 |
|---|---|---|---|
| 오월<br>五月 | 유월<br>六月 | 칠월<br>七月 | 팔월<br>八月 |
| 구월<br>九月 | 시월<br>十月 | 십일월<br>十一月 | 십이월<br>十二月 |
| 초<br>初 | 중순<br>中旬 | 말<br>底 | 몇 월<br>幾月 |

**日期**

| 일 일<br>一日 | 이 일<br>二日 | 삼 일<br>三日 | 사 일<br>四日 |
|---|---|---|---|
| 오 일<br>五日 | 육 일<br>六日 | 칠 일<br>七日 | 팔 일<br>八日 |
| 구 일<br>九日 | 십 일<br>十日 | 십일 일<br>十一日 | 십이 일<br>十二日 |
| 십삼 일<br>十三日 | 십사 일<br>十四日 | 십오 일<br>十五日 | 십육 일<br>十六日 |
| 십칠 일<br>十七日 | 십팔 일<br>十八日 | 십구 일<br>十九日 | 이십 일<br>二十日 |
| 이십일 일<br>二十一日 | 이십이 일<br>二十二日 | 이십삼 일<br>二十三日 | 이십사 일<br>二十四日 |
| 이십오 일<br>二十五日 | 이십육 일<br>二十六日 | 이십칠 일<br>二十七日 | 이십팔 일<br>二十八日 |
| 이십구 일<br>二十九日 | 삼십 일<br>三十日 | 삼십일 일<br>三十一日 | 며칠<br>幾日 |

## 年的累計

| 年的累計 | 漢字音數字說法 | 純韓文數字說法 |
|---|---|---|
| 一年 | 일 년 | 한 해 |
| 二年 | 이 년 | 두 해 |
| 三年 | 삼 년 | 세 해 |
| 四年 | 사 년 | 네 해 |
| 五年 | 오 년 | 다섯 해 |
| 六年 | 육 년 | 여섯 해 |
| 七年 | 칠 년 | 일곱 해 |
| 八年 | 팔 년 | 여덟 해 |
| 九年 | 구 년 | 아홉 해 |
| 十年 | 십 년 | 열 해 |

## 月的累計

| 月的累計 | 漢字音數字說法 | 純韓文數字說法 |
| --- | --- | --- |
| 一個月 | 일 개월 | 한 달 |
| 二個月 | 이 개월 | 두 달 |
| 三個月 | 삼 개월 | 세 달 |
| 四個月 | 사 개월 | 네 달 |
| 五個月 | 오 개월 | 다섯 달 |
| 六個月 | 육 개월 | 여섯 달 |
| 七個月 | 칠 개월 | 일곱 달 |
| 八個月 | 팔 개월 | 여덟 달 |
| 九個月 | 구 개월 | 아홉 달 |
| 十個月 | 십 개월 | 열 달 |

| 星期的累計 | 漢字音數字說法 | 純韓文數字說法 |
| --- | --- | --- |
| 一個星期 | 일 주일 | 한 주 |
| 二個星期 | 이 주일 | 두 주 |
| 三個星期 | 삼 주일 | 세 주 |
| 四個星期 | 사 주일 | 네 주 |
| 五個星期 | 오 주일 | 다섯 주 |
| 六個星期 | 육 주일 | 여섯 주 |
| 七個星期 | 칠 주일 | 일곱 주 |
| 八個星期 | 팔 주일 | 여덟 주 |
| 九個星期 | 구 주일 | 아홉 주 |
| 十個星期 | 십 주일 | 열 주 |

### 日的累計

| 日的累計 | 漢字音數字說法 | 純韓文數字說法 |
|---|---|---|
| 一天 | 일 일 | 하루 |
| 二天 | 이 일 | 이틀 |
| 三天 | 삼 일 | 사흘 |
| 四天 | 사 일 | 나흘 |
| 五天 | 오 일 | 닷새 |
| 六天 | 육 일 | 엿새 |
| 七天 | 칠 일 | 이레 |
| 八天 | 팔 일 | 여드레 |
| 九天 | 구 일 | 아흐레 |
| 十天 | 십 일 | 열흘 |

## 小時的累計

| 小時的累計 | 漢字音數字說法 | 純韓文數字說法 |
|---|---|---|
| 一個小時 | ― ― | 한 시간 |
| 二個小時 | ― ― | 두 시간 |
| 三個小時 | ― ― | 세 시간 |
| 四個小時 | ― ― | 네 시간 |
| 五個小時 | ― ― | 다섯 시간 |
| 六個小時 | ― ― | 여섯 시간 |
| 七個小時 | ― ― | 일곱 시간 |
| 八個小時 | ― ― | 여덟 시간 |
| 九個小時 | ― ― | 아홉 시간 |
| 十個小時 | ― ― | 열 시간 |

## 分鐘的累計

| 分鐘的累計 | 漢字音數字說法 | 純韓文數字說法 |
|---|---|---|
| 一分鐘 | 일 분 | —— |
| 二分鐘 | 이 분 | —— |
| 三分鐘 | 삼 분 | —— |
| 四分鐘 | 사 분 | —— |
| 五分鐘 | 오 분 | —— |
| 六分鐘 | 육 분 | —— |
| 七分鐘 | 칠 분 | —— |
| 八分鐘 | 팔 분 | —— |
| 九分鐘 | 구 분 | —— |
| 十分鐘 | 십 분 | —— |

**位置**

| 앞<br>前面 | | 뒤<br>後面 | | 옆<br>旁邊 | |
|---|---|---|---|---|---|
| 맞은편<br>對面 | | 위<br>上面 | | 아래 / 밑<br>下面 / 底下 | |
| 가운데 / 사이<br>中間 / 之間 | | 안 / 속<br>裡面 | | 밖<br>外面 | |
| 이쪽<br>這邊 | | 그쪽<br>那邊 ( 近距離 ) | | 저쪽<br>那邊 ( 遠距離 ) | |
| 오른쪽<br>右邊 | | 왼쪽<br>左邊 | | 어느 쪽<br>哪邊 | |
| 동쪽<br>東邊 | 서쪽<br>西邊 | 남쪽<br>南邊 | | 북쪽<br>北邊 | |

**疑問詞**

| 누구<br>誰 | 언제<br>什麼時候 | 어디<br>哪裡 | 무엇<br>什麼 |
|---|---|---|---|
| 왜<br>為什麼 | 어떻게<br>怎麼 | 얼마<br>多少 | 몇<br>幾 |

## 簡稱：口語說法

| 我的/你的 | 我/你＋助詞「은/는」 | 我/你＋受詞助詞 |
|---|---|---|
| 저의 → 제<br>나의 → 내<br>너의 → 네 | 저는 → 전<br>나는 → 난<br>너는 → 넌 | 저를 → 절<br>나를 → 날<br>너를 → 널 |

| 這個/那個（近距離）/<br>那個（遠距離） | 這個/那個/那個＋主詞助詞 |
|---|---|
| 이것 → 이거<br>그것 → 그거<br>저것 → 저거 | 이것이 → 이게<br>그것이 → 그게<br>저것이 → 저게 |

| 這個/那個/那個＋助詞<br>「은/는」 | 這個/那個/那個＋受詞助詞 |
|---|---|
| 이것은 → 이건<br>그것은 → 그건<br>저것은 → 저건 | 이것을 → 이걸<br>그것을 → 그걸<br>저것을 → 저걸 |

| 誰的<br>～的東西<br>不是～的東西 | 什麼<br>什麼＋受詞助詞 |
|---|---|
| 누구의 것 → 누구 거<br>~의 것 → ~거<br>~의 것이 아니다 →<br>~게 아니다 | 무엇 → 뭐<br>무엇을 → 뭘 |

# 幫助你一步步學好韓語

## 大家的韓國語〈初級I〉
### -全新修訂版-

> 第一套完全針對國人需求的
> 韓語學習書！

頁數：240頁＋習作本112頁
定價：450元（附MP3）

## 大家的韓國語〈初級II〉
### -全新修訂版-

> 跟著金老師
> 循序漸進學好初級韓語！

頁數：192頁＋習作本120頁
定價：450元（附MP3）

突破所有學習盲點與困境，
幫助學習者打好**韓語基礎**，
**聽、說、讀、寫**一把罩！

或上網http://www.genki-japan.com.tw

國家圖書館出版品預行編目資料

韓中小辭典：初級韓語，背這些單字就搞定！/
金玟志著；賴玉春譯
-- 初版 -- 臺北市：瑞蘭國際, 2010.06
352面；10.4 x 16.2公分 --（隨身外語系列；12）
ISBN：978-986-6567-47-6（平裝附光碟片）
1.韓語 2.詞彙
803.22                                                      99006059

隨身外語系列 12

韓中小辭典：
# 初級韓語，背這些單字就搞定！

作者｜金玟志・譯者｜賴玉春・責任編輯｜呂依臻、潘治婷
校對｜金玟志、呂依臻

韓語錄音｜高多瑛・錄音室｜不凡數位錄音室、采漾錄音製作有限公司
封面設計｜許巧琳・版型設計｜張芝瑜・內文排版｜許巧琳

董事長｜張暖彗・社長兼總編輯｜王愿琦
編輯部
副總編輯｜葉仲芸・副主編｜潘治婷・文字編輯｜林珊玉、鄧元婷
特約文字編輯｜楊嘉怡・設計部主任｜余佳憓・美術編輯｜陳如琪
業務部
副理｜楊米琪・組長｜林湲洵・專員｜張毓庭

法律顧問｜海灣國際法律事務所　呂錦峯律師

出版社｜瑞蘭國際有限公司・地址｜台北市大安區安和路一段104號7樓之1
電話｜(02)2700-4625・傳真｜(02)2700-4622・訂購專線｜(02)2700-4625
劃撥帳號｜19914152 瑞蘭國際有限公司
瑞蘭國際網路書城｜www.genki-japan.com.tw

總經銷｜聯合發行股份有限公司・電話｜(02)2917-8022、2917-8042
傳真｜(02)2915-6275、2915-7212・印刷｜皇城廣告印刷事業股份有限公司
出版日期｜2010年06月初版1刷・定價｜350元・ISBN｜978-986-6567-47-6
　　　　2018年07月三版1刷